© Hilda Rojas Correa

Segunda edición: agosto de 2016

© de esta edición: Editorial Pamela Díaz Rivera E.I.R.L
San José de la Estrella 0610, La Granja
Santiago, Chile

Diseño portada: Pamela Díaz
Fotografía cubierta: www.sxc.hu

Impreso por Dimacofi Negocios Avanzados S.A.
Gamero 2085, galpón B3, Independencia
Santiago, Chile

ISBN: 978-956-9752-06-3

DDI Nº 252.747

Libertad

Hilda Rojas Correa

Dedicatoria

Esta novela está dedicada mis nenas. Desde hace años tenemos una preciosa amistad que no entiende de distancias, horarios, estados civiles o grados alcohólicos; que ha pasado por todo, amores, desamores, crisis, momentos felices, otros, no tanto; pero sea como sea, siempre hay alguien ahí tras el teléfono dispuesta a escuchar.

Gracias a Yas, Dani, Pocho, Kari y Jeann, somos las que somos, y las demás ¡palomos!

«La libertad es como la vida, sólo la merece quien sabe con-
quistarla todos los días.»

Johann Wolfgang Von Goethe

Prólogo

Estaba perdida…

Si le hubieran dicho hace un mes que iba a estar en esta situación, ella se hubiera reído de buena gana. Si ella fuese adivina, habría hecho muchas cosas de diferente manera. No podía creer que todo iba a terminar así, sin lágrimas, sin despedidas.

Quería verlo, al amor de su vida, aunque fuese una vez más. Las cosas estaban hechas, ya no se podía retroceder en el tiempo.

Sintió un olor fuerte, en cuestión de minutos el mundo empezó a dar vueltas, no podía moverse, sus ojos no podía abrirlos, ella no podía moverse… ella no podía…

Capítulo 1

Hace un mes... en una conversación grupal de WhatsApp.

Libertad: *Esta es mi última carrera, lo prometo, niñas, hace años que no lo hago, pero solo tengo que hacerlo una vez más. Será mi despedida de las pistas.*
Grettel: *¡Pero es que te puedes matar por Dios, Libertad!*
Libertad: *Grettel, no te preocupes, pero si me pasa algo, quiero que...*
Caro: *¡¡¡No te va a pasar nada, porque no te subirás a ese puto auto!!*

«Como si pudiera detenerme atravesando el celular, ¡já!», pensó Libertad.

Paloma: *Por favor cuídate, Liber... y que esa tarada no te vea ni el polvo.*
Libertad: *Sí, sí me voy a cuidar.*
Denisse: *Nos llamas apenas termines con tu carrera, sino te vamos a colgar.*
Caro: *Liber... me estás haciendo llorar, avísanos apenas termines. ¡NI UN MINUTO MÁS!*
Libertad: *Ya, niñas, me llaman por acá, les aviso cualquier cosa.*
Paloma: *¡Suerte!*
Caro: *¡Llámanos!*
Denisse: *¿Ya se fue Liber?*

A esa misma hora en una carretera a las afueras de Santiago…

Libertad estaba al volante esperando a que su copiloto llegara, estaba nerviosa, sus amigas le pusieron los nervios de punta, aún más si eso era posible. Ya estaba casi arrepentida de haberles contado sobre su última carrera clandestina. De haber sabido que se iban a poner como locas y fatalistas, mejor se hubiera guardado el secreto.

Prácticamente todo estaba listo, solo le faltaba su copiloto que estaba tardando bastante en llegar.

—¡Maldito!, por qué no llega nunca a la hora —rezongó Libertad harta del atraso. Odiaba la impuntualidad con todo su corazón, tanto como Gargamel odiaba a los Pitufos.

Todo era un enredo, ni siquiera se dio cuenta de cómo Marcos, su ex, llegó a ser su copiloto.

Marcos, ¡qué gran hijo de puta!, si hacemos un resumen de lo que fue su relación podríamos decir que:

Él y Libertad vivieron juntos un par de años, cuando comenzaron su relación ella tenía veintidós años y él veintisiete. Marcos le exigió a ella que dejara de competir, a lo cual ella accedió por amor. Todo fue muy bonito durante el primer año, hasta que de la nada Marcos empezó a portarse como un patán, la inexperiencia de Libertad en ese entonces, le jugó una mala pasada. Las cosas no resultaron, peleaban por todo y las discusiones comenzaron a salirse de madre, y para rematar su fallido «felices para siempre», Marcos cerró con broche de oro su relación con una infidelidad.

Con la hija de la mejor amiga de la madre de Marcos.

A la cual veía todos los santos días.

Y tenía fama de putilla. Hasta nombre de putilla tenía, Deyanira (pongan énfasis arrastrando la silaba «ya»).

Libertad quedó destruida, hecha polvo.

Apenas ella se enteró de todo dejó el hogar común, y Marcos inmediatamente empezó una relación formal con Deyanira, total, ¿para qué perder el tiempo, no?

Irónicamente y fuera de todo pronóstico, después de unos meses de relación con Deyanira, Marcos no pierde oportunidad con Libertad y «recuerdan viejos tiempos».

Marcos es la gran debilidad de Libertad, pero ella no lo reconoce, ni siquiera para sí misma, y siempre ante todos, mantiene su postura de «me importa un soberano carajo lo que Marcos haga con su vida».

Sin embargo, no muchos le creen su actuación.

Bueno, en realidad a Libertad no le importaba lo que él hacía o dejaba de hacer, pero tampoco le era totalmente indiferente. Eso pasaba solo cuando él estaba cerca, y lamentablemente, eso era constantemente.

Marcos... Oh Marcos, era, mejor dicho es, un hombre muy atractivo, con mucha personalidad, alto, moreno. No es Einstein, pero si es más inteligente que el promedio, pero su inteligencia emocional es inversamente proporcional a la intelectual. Básicamente, no sabe lo que hace hasta que tiene la mierda hasta el cuello.

Su gran debilidad es Libertad, y a pesar de tener una relación con Deyanira (la que tiene fama de putilla), cada vez que ve a Libertad intentando rehacer su vida, hace uso de su inexistente sentido común, y la seduce, o la humilla, o trata de marcar territorio como un simio macho alfa. Podríamos decir que es narcisista y egocéntrico. Ama y odia a Libertad en partes iguales. Sabe que le ha hecho daño, pero no puede evitar hacerlo cada vez que está cerca.

A esto podemos llamarlo una relación tóxica, una que nadie reconoce.

En fin, cuando Libertad se decidió a realizar su última carrera. Su contrincante no podía ser menos que Deyanira, a través de ella se enteró Marcos de la carrera, y haciendo gala de su «sensatez», se autonombró copiloto de Libertad, humillando públicamente a Deyanira, porque lo lógico sería que fuera el copiloto de su propia pareja y no el de su ex.

Libertad que a estas alturas ya estaba que se daba cabezazos contra el volante de los nervios y la impaciencia que la consumía, empezó a hablar sola para tranquilizarse a sí misma. Se daba ánimos, total la carrera era un solo un cuarto de milla, nada que no haya hecho antes.

—Enfócate, Libertad... concéntrate... Inhala, exhala, inhala, exhala... Ohhhhhhhmmmmm...

Ya cuando empezaba a volver a respirar tranquilamente, Marcos intempestivamente le golpó el vidrio de la puerta del auto. Libertad dio un salto de su asiento revelando su estado de ánimo inquieto y chilló del susto.

—¡Estúpido! Me asustaste... te has demorado un kilo en llegar —reprendió molesta.

—No te *enojí* —dijo Marcos sonriendo, ahhh esa sonrisa de comercial de pasta dental, tan atractivo y tan patán—, todavía no empieza nada.

Marcos entró al vehículo muy seguro de sí mismo. Libertad siempre ha sido una tentación para él, pero no volvería con ella, pues ya asumió que su estilo no era la monogamia, por más amor que le profese a una pareja. Él amaba a su manera, y su manera no es la que las mujeres buscan en una relación ideal de compromiso y fidelidad.

En realidad, solo estaba con Deyanira porque era muy buena en el sexo y no le hacía escenitas de celos, a pesar del descaro de él de estar siempre pendiente de Libertad. Probablemente Deyanira carecía de dignidad, o amor propio o tal vez es ciega, sorda, muda... alguna incapacidad mental debe tener, para no notar el comportamiento desvergonzado de Marcos.

—De hecho, tenemos tiempo de sobra para la carrera, ¿por qué no nos relajamos un ratito? —propuso Marcos con falsa inocencia.

—Mmmm… no sé... —Ella miró felinamente a Marcos, directamente a sus ojos café, tan oscuros que eran casi negros.

Libertad que bien conocía las artes amatorias de Marcos no podía resistírsele, más aún cuando ella tenía un par de semanas de sequía sexual. Se definía a sí misma como una gozadora de la vida y el sexo, amigos con derecho a roce no le faltaban, y siendo una mujer soltera, no tenía por qué estar sin su cuota de cariño y su dosis de orgasmos semanales. Marcos representaba en este momento su liberación acumulada. Era contradictorio, cada vez que tenía un *remember* con Marcos se sentía poderosa y a la vez doblegada. Aún no tenía la fuerza suficiente para desaparecer de la vida de él, porque eso al final dependía de ella. Él, por su parte, nunca la dejaría en paz. Y eso ella lo sabía.

Marcos ágilmente desabrochó el cinturón de seguridad de ella, y la montó a horcajadas sobre él, se besaron como animales, literalmente se devoraron. Libertad se frotaba sobre la dura excitación de Marcos, y él estaba a punto de explotar. Siempre, siempre Libertad le desataba las más profundas pasiones. Solo quería estar dentro de ella, sentir una vez más su estrecha calidez. Era tan fácil, solo debía desabrochar el botón de su pantalón y bajar el cierre.

Libertad parecía poseída, estaba tan cerca de su preciado orgasmo. Su sexo estaba listo y dispuesto, el roce y el movimiento de ambos la excitaba de sobremanera. Sería tan fácil, solo subirse la falda y correr su ropa interior.

—*¡Hey, Bob Esponja… Chúpame la corneeeta!... ¡Hey, Bob Esponja… Chúpame la corneeeta!*

Si Calamardo es la cosa más anti morbo del mundo, escucharlo en medio de un asalto sexual baja la temperatura al cero absoluto. A menos que Calamardo sea tu fetiche sexual, claro está…

—¿Qué mierda es eso? —preguntó Libertad molesta por la interrupción.

—Es mi celular, es el Lucho… mi cuñado… —contestó Marcos confundido aún agitado por la excitación.

—Sé quién es él. ¿Viene a la carrera?

—Sí.

—¡Contéstale pues, hombre!

Marcos contestó el llamado, y después de una breve conversación, le confirmaron el inicio de la carrera. Libertad encendió el motor y condujo hasta el punto de partida, el cual quedaba a un par de cuadras de distancia.

Todo estaba preparado para la competencia. Los organizadores estaban seguros de que no había carabineros en ese tramo de la carretera, la cual era muy frecuentada para carreras ilegales. Gracias a la aplicación *Waze* sabían en que momento podían organizar, competir y finalizar sin despertar las sospechas de los representantes de la ley y el orden.

Estaban los vehículos en el punto de partida, Libertad estaba en un Citroën BX negro con llantas con el signo de dólar y pulmones hidráulicos. El auto no era de ella, era de un viejo amigo, así que no podía quejarse del mal gusto del dueño en cuanto a llantas se refiere.

Deyanira que miraba a cada rato en dirección de Marcos y Libertad, tenía de copiloto a su hermano Luis (Lucho para los amigos). Si las miradas fulminaran, probablemente Libertad estaría convertida en una mancha de aceite, gracias a los rayos quemantes que saldrían de los ojos de Deyanira. Su auto también era un Citroën BX, pero blanco… de blanco la fresca, ¡já!, solo le faltaban las cintas y las flores y el vehículo parecería el de una novia.

Los motores comenzaron a calentarse, se notaba que Deyanira era novata, pues se veía a cuarenta leguas de distancia su impaciencia con el rugir de su motor. Libertad supo de inmediato que esa carrera sería suya.

Una mujer se colocó en medio de los dos bólidos, «vestida» con una minúscula micro falda, y un todavía más minúsculo *top*. Contoneándose, apuntó a cada contendora para hacer contacto visual y que le confirmaran que estaban listas. Levantó sus brazos y después de dos segundos los bajó rápidamente para dar comienzo a la carrera.

Deyanira salió disparada como alma que lleva el diablo, pasando cambios como si su vida dependiera de ello.

Libertad aceleró rápidamente sin forzar el motor, pasando el cambio exactamente cuando su motor se lo pedía, parecía un gatito ronroneando de felicidad. Cada vez iba más rápido y en unos pocos segundos sobrepasó fácilmente a Deyanira, la cual no daba crédito a que la pasaran así como así.

Para Libertad estaba siendo el cuarto de milla más glorioso de su vida, pero a unos cien metros de la meta, sintió un pinchazo que empezó a darle problemas para controlar el vehículo. No podía perder, estaba muy cerca, demasiado.

Gracias a su experticia en unos segundos estabilizó el auto y aceleró. Aceleró porque debía terminar, solo cincuenta metros más, y ese dinero y la victoria sería suya.

—¡Libertad, para! —gritó él.

Él estaba aterrorizado, Libertad estaba fuera de sí y lo ignoró. Marcos también sintió el pinchazo, pero ella no daba tregua. No reduciría la velocidad, no iba a detenerse y menos para dejar que Deyanira ganara.

Veinte metros, la novia de Marcos había acortado la distancia. Se acercaba peligrosamente, lógico, su auto estaba relativamente bien, aunque ella iba forzando el motor con sus cambios mal hechos.

Libertad se enfocó en la meta y siguió. Por un par de segundos cerró los ojos, los abrió, y pisó a fondo el acelerador y la velocidad aumentó todavía más. Marcos estaba entrando en un silencioso pánico, aferrándose al asiento como un gato asustado. Sintieron un remezón.

—¡Paraaaaaaaaaaaa, Libertaaaaaad! —rugió Marcos.

Libertad no le prestó atención, solo continuó... solo un poco más.

Solo un par de metros más… Ahí estaba la meta, tan lejos y tan cerca...

Silencio.

La carrera terminó. Libertad ganó, a pesar de todo le sacó sus buenos metros a Deyanira.

Euforia.

Libertad se bajó del auto rápidamente y se entregó a la celebración con sus amigos que estaban esperándola, estaba contenta gritando y saltando como loca. La adrenalina iba a mil por hora. ¡Dios, cómo amaba esa sensación! La llenaba de vida.

Y esa era su última carrera.

Capítulo 2

Después de la adrenalina, la euforia y el dinero en su bolsillo, Libertad estaba con emociones encontradas. Con la velocidad se sentía libre, al límite, llena de júbilo, se sentía viva. Pero también sabía que apostaba el pellejo con esos juegos tan peligrosos, ya había perdido un amigo mientras competía, un horrible accidente, y eso la marcó para siempre. No quería dejar su vida a mitad de camino, y seguir compitiendo significaba tentar a la suerte todo el tiempo. La muerte y toda la tragedia que eso arrastraba no la quería para ella, ni para sus seres queridos.

Así estaba Libertad, mirando su auto fijamente, pensando en que ya todo había terminado y en cómo tendrían que ser las cosas ahora. No prestaba atención a nada a su alrededor, de pronto una mano se cruzó en su campo visual. Era Marcos… para variar.

—¿Cómo *estai*?, pareciera que hubieras perdido la carrera en vez de ganarla

—Estoy bien, solo pensaba. —Libertad dio un suspiro profundo—. ¿Y tú?, ¿no se supone que deberías estar consolando a la perdedora?

—Ella estará bien, además que se largó al ver que había perdido la carrera. No es buena perdedora. Me dejó *bota'o*.

Y ahí estaba, esa maldita tensión sexual, esa sensación que nunca se iba cada vez que estaba con él. Ya no lo amaba, pero había una atracción física innegable de la cual no se podía desprender, ni ella misma entendía cómo diablos terminaba enredada entre sus brazos. Libertad era una adicta a las sensaciones, y Marcos le brindaba siempre buenas sensaciones, si saben a lo que me refiero.

—Ok, y supongo que quieres que te vaya a dejar a tu casa, ¿o me equivoco?

—Si no es mucha la molestia.

—Vamos —invitó.

Libertad se subió al automóvil, e instó a Marcos para que hiciera lo mismo. Él siempre tenía todo fríamente calculado, sabía qué pasos dar y cómo poner una situación a su favor. Sin embargo, Libertad seguía siendo ingenua para algunas cosas, (lo sé, a mí también me dan ganas de azotarla y zamarrearla para que espabile).

Ella encendió el motor y tomaron camino a la casa de él. Ya era tarde, y las calles estaban inusualmente frías y desiertas para estar a principios de noviembre. Se fueron en silencio. Silencio que fue interrumpido por Marcos.

—¿Te *podí* estacionar allá? —solicitó indicando una parte del camino oscura y sin transeúntes

—¿Y para qué? —Los engranajes del cerebro de Libertad empezaron a funcionar inmediatamente después de terminar la oración y comprendió en ese instante las lujuriosas intenciones de Marcos. Por un lado sabía qué pasaría un buen rato, pero por el otro, sabía del sentimiento de culpa que vendría después—. Ohhhh, ya entiendo, ¿quieres terminar lo que empezaste?, ¿o no?

—No haré nada a menos que tú no quieras. —Típica frase masculina, que siempre da buenos resultados.

«¡Al diablo con todo!», pensó Libertad, estacionó el automóvil rápidamente y con pericia, se liberó del cinturón de seguridad y se montó sobre Marcos como si mañana se fuera a extinguir la vida en el planeta.

Marcos con la urgencia, trataba de besar, soltarse el cinturón, y acariciar las voluptuosas curvas de Libertad, todo al mismo tiempo, y cuando estuvo libre desató la pasión que lo carcomía, quería absorberla, hacerla parte de él. Conocía cada rincón de su cuerpo, sus puntos sensibles, sabía cómo hacerla gritar y dejarla ciega de placer. Marcos era adicto a someter a las mujeres en una cárcel de sensaciones, se sentía como el rey del mundo cada vez que lograba que una mujer se acostara con él. Todas al entregarse le daban esa satisfacción sin saberlo.

Libertad estaba empapada, ansiosa de ser penetrada, su cuerpo le pedía más. Mucho más. Marcos liberó al fin su miembro, duro y vibrante. Buscó en su billetera un preservativo y con mucha habilidad, y en tiempo record, abrió el envase y enfundó su pene. Libertad lo tomó, corrió su ropa interior lo suficiente y lo guió al centro de su humedad y se empaló de una sola vez, sintiendo cómo su interior se abría y ajustaba para él.

Todo fue rápido, se movían como animales hambrientos, unidos, sincronizados, violentos. Al interior del auto solo se escuchaban jadeos, gemidos y como chocaban sus cuerpos. El ambiente olía a sexo, al perfume de Marcos y al jabón floral de Libertad.

Ambos iban en una carrera egoísta para encontrar su propio placer, sin importar nada más. Solo era sexo y del bueno.

Marcos preso de la ansiedad por conseguir el clímax, comenzó a embestir frenéticamente a Libertad, y ella a su vez, aceleró el ritmo que la acercó cada vez más rápido a esa deliciosa sensación que la iba a liberar de una vez por todas. Sentía cómo resbalaba la humedad por sus muslos y cómo los testículos de Marcos le rozaban su sexo.

Cada vez más duro, más profundo, y de pronto sintió esa exquisita tensión que la hizo estallar y gritar. Libertad seguía moviéndose para que aquello no terminara jamás, apresó la erección de Marcos con su orgasmo y él se dejó llevar también, derramando su simiente en el condón.

Ya estaba todo hecho.

Jadeando se acomodaron y asearon como pudieron. Retomaron el viaje y Libertad dejó a Marcos en la puerta de su casa, sin despedida y sin mirar atrás.

Lo más probable era que se volverían a ver cualquiera de estos días.

Y Libertad por enésima vez se sintió como la mierda.

Esa sensación solo iba a durar un rato, ya se le iba a pasar. Siempre era así, ya se había acostumbrado. Era lamentable, se había vuelto un hábito sentirse mal consigo misma.

Dicen que solo una persona loca busca resultados diferentes haciendo lo mismo. Definitivamente, Libertad se estaba volviendo loca.

Capítulo 3

Era de madrugada cuando Libertad llegó a su casa. Todo estaba en silencio, se fue a su habitación y revisó su celular. Leyó el *WhatsApp* y vio que sus amigas ya estaban que trepaban por las paredes al no tener noticias de ella, veinte llamadas perdidas y un par de mensajes de voz.

Les dejó un mensaje de que todo estaba bien y que no se preocuparan, también les contó que había ganado la carrera y que se dio unos besitos locos con Marcos. Sí, sabía que les mentía, pero era porque sabía que le iban a reprender por tropezar con la misma piedra (otra vez) y no estaba de ánimos para responder preguntas. Estaba cansada.

Agotada.

Se dejó caer como un saco de papas sobre la cama y quedó inconsciente.

—¿Qué es ese espantoso ruido? —Libertad escuchaba entre sueños una balada romántica antigua que se mezclaba con reggaetón. Sus vecinos estaban compitiendo por quien tenía el volumen de la música más fuerte. El sonido musical mezclado era ridículamente confuso.

«¡Pero si solo llevo cinco minutos durmiendo! ¿Es que nadie se apiada de mi pobre alma?», pensó ella sintiendo lástima y pena por sí misma.

Enterró la cabeza en la almohada y cayó en la cuenta de que era de día, con un sol asquerosamente radiante para su gusto y definitivamente nada bueno para sus ganas de seguir durmiendo. Se incorporó, buscó su celular y vio la hora. ¡La una y media!

—¡Cómo mierda han pasado ocho horas!, ¡voy a llegar tarde al trabajo! ¡¡¡Mamaaá, ¿por qué no me despertaste?!!!

—¡Pero si lo hice!, ¡me dijiste que ya te levantabas! —gritó su madre desde la otra habitación—. ¡Eso fue hace dos horas! ¡Eres una irresponsable! ¡No soy tu alarma personal, chiquilla floja!

Como Libertad ya no tenía tiempo para perder en discutir con su madre, emprendió una frenética carrera al baño. En tiempo record se duchó, se vistió, preparó sus cosas y se fue corriendo al paradero de locomoción colectiva.

Cuando iba llegando, el microbús ya había recogido a todos los pasajeros y empezaba a moverse. Por más que le hizo señas al conductor, éste no detuvo la máquina y Libertad tuvo que esperar unos eternos diez minutos a que llegara el veintiúnico microbús que la llevaba al metro.

—Este es uno de esos días en que no debí levantarme… ¡Qué mala suerte!, ¡estoy meada de perro!

Ya se estaba empezando a hacer la idea de la severa reprimenda que le iba a dar su jefe, un viejo negrero que se aprovechaba de cada oportunidad que tenía para ir al filo de la legalidad y sacarles el jugo a sus empleados. Sobre todo si eran mujeres.

Libertad ya estaba curtida con el trato con su jefe, pero no era agradable tener que darle explicaciones y sacar la artillería pesada para responderle a cada cosa que le dijera el viejo infumable.

Después de quince minutos (ya que nadie era puntual en la ciudad), al fin pudo tomar el siguiente microbús. Afortunadamente se pudo sentar y se puso sus auriculares, Bruno Mars empezó a cantar *Young Girls* y Libertad se durmió profundamente en tan solo un minuto.

De pronto despertó de golpe, literalmente, gracias a un frenazo del chofer, la cabeza de Libertad quedó estampada en el asiento que tenía adelante. Siempre le dijeron que tratara de no dormirse muy profundo en un microbús. Hoy olvidó esa advertencia.

Tenía un dolor tan grande en la cabeza, le retumbaba todo, trató de enfocarse y ver qué era lo que pasaba, se tocó la frente esperando a ver sangre. No había nada. El microbús emprendió la marcha de nuevo. No supo por qué frenó.

—¿Está bien, señorita?

Libertad tardó unos segundos en ver de dónde provenía esa voz, no era una voz ultra grave, pero sí muy masculina y agradable. Miró hacia los lados, no había nadie.

—Acá atrás. —El desconocido le tocó el hombro. Libertad dio un respingo y se dio vuelta. Vio a un hombre joven con el semblante serio, que no tenía nada que ver con la agradable voz que había oído.

Ella se había golpeado en la cabeza pero eso no le impidió sus facultades de darle una rápida repasada visual a la persona que tenía en frente. Él era joven, no más de veintisiete, serio, ojos castaño claro al igual que su cabello que lo tenía corto y un poco revuelto, barba a medio crecer, tal vez de dos o tres días, y lo que podía ver de su cuerpo era muy bueno para la vista. A pesar de su seriedad sus facciones no eran duras y su piel era trigueña. Todas estas características daban un resultado que cualquiera podría decir que era un hombre promedio, pero en el caso de él, tenía algo especial que Libertad no podía describir.

Tal vez fue el golpe en la cabeza.

—¿Cuántos dedos ve? —El joven desconocido y serio, le mostró el dedo índice y lo movió de izquierda a derecha para que Libertad lo siguiera con la vista.

—¿Uno? —Libertad estaba más confundida por la pregunta que le habían hecho, que por la probabilidad de ver doble.

—Bien, ¿no va a ir a la posta o algo así para que la revisen?, de verdad se dio un buen golpe.

—¡No! —casi chilló—, no, no es para tanto. Me pilló desprevenida la frenada.

—La pilló profundamente dormida —reprendió—. No debería ir a dónde quiera que vaya en esas condiciones. —Eso último casi lo dijo como una orden.

—De verdad estoy bien…

—Ok, como quiera, de todas maneras le aconsejo que tome la patente del vehículo, la fecha y la hora en caso de que tenga cobrar el SOAP, si es que lo llegase a necesitar. Puede respaldar esa información con los datos del chip de su tarjeta Bip.

—¿SOAP, la Bip? Perdón es demasiada información, estoy un poco atontada con el golpe nada más. Gracias por la preocupación.

—Es lo que cualquier persona haría. —El desconocido desvió la mirada hacia la ventanilla y abrió un poco los ojos sorprendido—. Me tengo que bajar, que tenga un buen día, señorita. —Se levantó de su asiento un poco apurado, y tocó el timbre para bajar del microbús.

—G-gracias. —Fue lo único que atinó a decir Libertad, estaba casi abrumada por este hombre serio, que a pesar de su juventud nunca la tuteó.

Probablemente toda esta confusión era producto del golpe.

Finalmente Libertad siguió su camino con una sensación rara a la que no le dio mucha importancia, debía llegar pronto a su trabajo.

—¡La hora de entrada es a las dos y media, no a las tres y cuarto! —vociferó don Tulio, el jefe de Libertad.

—Lo sé, don Tulio, ¿ve este chichón en mi frente? Me lo hice en mi trayecto para acá, pude haber ido a la posta, pero decidí que era mejor llegar tarde, que no venir. Después le compenso los minutos que llegué atrasada, no se preocupe por eso —excusó—... Viejo amargado, se nota que le hace falta un buen polvo —masculló Libertad.

—¿Cómo dijo?

—Nada, don Tulio.

—Acá nadie es indispensable, señorita. Llegue a la hora. Si no le gustan las reglas, la puerta es bien ancha.

Ganas no le faltaban a Libertad de seguir contestándole al viejo insoportable de su jefe, pero tenía otras cosas en su cabeza (aparte del chichón) y no iba a seguir perdiendo el tiempo.

—¿Puedo ir a trabajar ya? —preguntó harta de escuchar la perorata de don Tulio, mientras que mentalmente decía, «...Y así no te veo la cara de almorrana, viejo de mierda. Dios, apiádate de mi alma y haz que se quede mudo».

—Vaya, y que no se vuelva a repetir —autorizó don Tulio secamente.

Libertad se fue rápidamente a su estación de trabajo, lanzándole mentalmente a don Tulio, todos los improperios que sabía (e inventó algunos nuevos para su diccionario de vulgaridades que luego compartiría con sus compañeros de trabajo). Se instaló en un gran mesón de acero para cocinar cantidades industriales de alimentos y comenzó con su labor. Libertad trabajaba en el servicio de comida que proveía almuerzos a los trabajadores del edificio corporativo que se levantaba sobre sus cabezas y que se encontraba del otro lado de la ciudad.

Trabajando incansablemente se le fue el turno de la tarde entre verduras, frutas, masas, y un sinfín de platos que debían ser preparados para el día siguiente. Bromeaba con sus compañeros de trabajo, y reía de buena gana. El día mejoró notablemente cuando don

Tulio salió a hacer un par de trámites, y el ambiente laboral se distendió aún más.

A veces trabajaba de mañana, otras veces de tarde, y también hacia turnos de tarde-noche. Era un trabajo exigente, pero a ella le encantaba. Algún día tendría su propio negocio de banquetería, así que de momento aprendía todo lo que podía.

Su jefe le podía colmar la paciencia hasta a un santo, y en cualquier momento le cantaría sus cuatro verdades y lo mandaría a la punta del cerro con escándalo, pero todavía no era el momento. Renunciar siempre ha sido la última opción para ella, y eso aplicaba en cada aspecto de su vida.

—Mierda, ¡cómo me quedó la frente, esto está horrible, horrible! —Libertad se miró por primera vez en el espejo del camarín de mujeres, realmente era feo el chichón y ya estaba tomando un color raro. Suspiró cansada, y se acordó del desconocido que se preocupó por ella, y sonrió.

—Ay que estaba bueno ese hombre, no le pregunté ni el nombre. —Haciendo un mohín se tocó la frente y se quejó un poco, aún dolía.

Salió del edificio cuando ya era de noche, el ambiente era fresco pero agradable, y emprendió nuevamente el camino a su casa, como todos los días.

Libertad todavía vivía con sus padres. La relación con ellos no digamos que era de las mejores, y tenía que lidiar con su padre que era muy conservador y siempre le recordaba sus errores. Su madre no era una mujer de mucha opinión, y solo callaba. No soportaba muchas horas seguidas de convivencia con ellos, así que Libertad siempre buscaba una excusa para no estar en casa.

Al bajar del microbús comenzó a caminar rápido. La calle estaba desierta y eso le daba una sensación de inseguridad que le agudizaba los sentidos. Siempre usaba zapatillas para correr en el caso de que la situación lo ameritara.

De la nada, alguien le habló.

—¿Señora, tiene una *moneíta* que me regale?

—¿Señora?, a este idiota qué le pasa, si no soy una vieja —murmuró molesta.

Libertad siempre tenía algunas monedas para los *zombies* que deambulaban por las calles, era como un peaje que tenía que pagar para poder transitar tranquila. Empezó a revisar sus bolsillos para sacar cien pesos, sin dejar de caminar. Y cuando le iba a dar el dinero, de pronto sintió por la espalda una punta metálica. Libertad abrió los ojos como platos y transpiró helado. En una fracción de segundo, el miedo empezó a apoderarse de su ser. El corazón bombeaba sangre rápidamente. Su cuerpo se preparaba para luchar.

«Mierda, esto no puede estar pasando», la mente de Libertad trabajaba a mil por hora, pero ella estaba paralizada, no se movía.

—¡¡Entrega la mochila, puta, *maraca*!! —gritó el hombre que la amenazaba con la cortaplumas, mientras que el otro tomó un asa de la mochila.

—N-no… no tengo nada que te sirva, solo ropa. —Se sorprendió de sí misma de que pudiera hablar aún, mientras pensaba «No, mi celular no, está casi nuevo, ni siquiera he pagado dos cuotas».

El par de hombres comenzaron a tratar de quitarle la mochila. Forcejearon unos segundos, y Libertad sintió un golpe seco en la cabeza.

Otro más.

El segundo del día.

Y todo se fue a negro…

—¿¡Qué te dije, *hueón*!? ¡En el barrio, no! ¿Ahora eres un puto doméstico? ¡¿Qué no aprendes nunca, pedazo de mierda?!

Libertad comenzó a recobrar la conciencia, no sabía si todavía estaba soñando o si estaba despertando. Se sentía mareada y solo podía distinguir a dos hombres, uno pegado a la pared sujetado de la ropa por el otro que lo zamarreaba y tenía su mochila en sus manos. ¡Cómo le dolía la cabeza! Cerró los ojos, para que no le siguiera doliendo, hasta la luz del alumbrado público le molestaba.

—Puta solo quería un *monito*, hermanito.

—No soy tu puto hermano, y como que te pille haciendo esto de nuevo, le voy a decir a Ángel que no te venda ni un solo *mono* más. ¿Cómo se te ocurre robarle a tus vecinos?, ¡imbécil!

Lo volvió a zamarrear, y le dio un palmazo en la cabeza.

—Ándate, y dile lo mismo al gusano cobarde de Maikel, que me entere que se las dan de domésticos de nuevo y ningún *mono* más para ustedes.

El *zombie* corrió, y se perdió en tres segundos.

El hombre se volvió a ver a Libertad, se agachó y frunció el ceño al ver un moratón en la frente, y luego revisó su cabeza en busca del golpe que le propinaron el par de *zombies*.

Libertad, abrió los ojos, y vio al joven que tenía al frente. Lo reconoció al instante.

—No te pregunté tu nombre —dijo Libertad, no se le ocurrió nada mejor que decir.

—No, no lo hizo, nuestro encuentro fue breve. —Ahí estaba de nuevo hablándole de usted. El desconocido siguió revisando la cabeza y sintió humedad. Miró su mano y vio sangre.

—¿Por qué me tratas de usted?, no soy ninguna vieja. —Libertad trató de incorporarse, pero el desconocido no la dejó.

—Mi abuela era muy estricta, siempre me inculcó que debía tratar de usted a las personas que no conocía, a las que son mayores que yo, y a las señoritas. Usted, cumple con dos requisitos para ser tratada de «usted»… No se mueva, su cabeza está sangrando.

—¡¡¡¿Qué estoy qué?!!!! —Ahora sí que se asustó Libertad, no soportaba la sangre, le daba fobia, repulsión. Sintió que la boca se le llenó de saliva, iba a vomitar como la niña del exorcista en frente del desconocido que estaba bueno.

—Cálmese, respire hondo, no la voy a dejar. Vamos a ir a un consultorio para que le suturen la herida, no es grave. No se desmaye por favor.

Demasiado tarde para pedir eso, Libertad se desmayó.

—¿Y ahora qué hago con la muerta? —El desconocido se levantó y se rascó la cabeza. No había ni siquiera un taxi, a esa hora no entraban a la villa.

Pensó por unos momentos qué era lo mejor. El consultorio más cercano estaba a unas diez cuadras, demasiadas para llevarla en brazos y podría tomarle mucho tiempo. Su casa estaba a unas tres cuadras y evidentemente quedaba mucho más cerca. Tampoco sabía dónde vivía la joven que tenía inconsciente a sus pies.

No había más opción. Se encogió de hombros resignado. Tomó en brazos a la mujer y se la llevó.

Capítulo 4

Libertad empezó a recobrar la conciencia de a poco, estaba mareada y desorientada. A pesar de eso, sabía que estaba acostada en una cama muy cómoda, todo olía a limpio, como a suavizante de ropa y a perfume de hombre... a madera, no sabía cómo describir bien el aroma, pero era exquisito. Trató de incorporarse, pero el mareo se volvió más fuerte, y desistió.

—No se mueva, lleva más de una hora dormida.

Libertad recordó en ese instante al desconocido, el asalto frustrado, y la sangre. Comenzó a sentir nauseas de nuevo.

—¿Dónde estoy? —Libertad tenía sed, mucha, como para tomarse tres litros de agua al seco.

—En mi casa, fue lo más práctico dada las condiciones en las que me encontraba. Tenía una pequeña herida en la cabeza, y le puse una sutura temporal.

Libertad giró la cabeza en dirección a la voz del joven desconocido. Él estaba sentado en una silla al lado de la cama.

—Lo siento, te has tomado muchas molestias. ¿Eres doctor, enfermero o algo así que me diagnosticaste y me curaste?

—Digamos que sé primeros auxilios y tengo un buen botiquín. —El joven tomó un vaso grande de agua y se lo ofreció a Libertad. Ella asintió, se incorporó lentamente, él la sostuvo y comenzó a sorber de a poco. Cuando ella sació su sed, volvió a acostarse.

—¿Cómo te llamas? —preguntó Libertad, estaba totalmente intrigada por aquel hombre joven, era la segunda vez en el día que se encontraba con él, pero no se sentía insegura, ni intimidada a pesar de la permanente seriedad de él.

—Sandro... ¿y usted, cómo se llama?

—Libertad —respondió—... Sandro... no te pega mucho el nombre. —Apenas terminó la oración se reprendió mentalmente por ser tan maleducada con él—, disculpa... mi lengua no está conectada con mi cabeza en este momento. Mi filtro está descompuesto por el golpe.

—«Los» golpes, te diste dos hoy. Vas a tener que ir de todas maneras al consultorio o a la posta, para que te revisen —ordenó Sandro serio, ignorando el comentario sobre su nombre de parte de Libertad.

—¡Me estás tuteando! —Libertad se dio cuenta de inmediato de la diferencia de trato. Se notaba tanto en la cara de Sandro, como en la impostación de la voz. Lo miraba como si le hubiera salido un cuerno de unicornio en la frente. Era como ver a una persona completamente diferente.

—Pues ya no eres una desconocida. —Y sonrió levemente. ¡Diablos!, el hombre se transformaba cuando sonreía, incluso si era un poco. Se veía más joven de lo que era, se le iluminaba el rostro y se le hacían unas leves arrugas en los ojos cuando lo hacía. Transmitía mucho con ese simple gesto.

—¿Pero no se supone que tratas de usted a las señoritas? —Libertad se sintió ridículamente rara cuando Sandro la comenzó a tutear, incluso un poco ofendida porque ya no pertenecía al selecto grupo de personas que el trataba con tanta educación.

—Eres una señorita, pero el tratarte de tú, es una libertad que me estoy tomando, Libertad. Recuperé tus pertenencias, estás en mi casa, en mi cama y he atendido tus heridas. Me lo he ganado —contestó Sandro con suficiencia.

La verdad era que él no quería seguirla tratando de usted, eso era algo muy especial. Aparte de tratar de esa manera a los desconocidos, a las personas mayores y a las señoritas, también era la manera que usaba para hablar con su abuela.

Usualmente, Sandro no tenía contacto directo con desconocidos que merecieran respeto, era un hombre solitario, y de señoritas, ni hablar. Pero tenía una cierta afinidad con la gente mayor. Su mundo era pequeño y hermético, y muy pocas personas en su vida habían entrado en él.

Libertad estaba desconcertada sobre Sandro, era un hombre muy misterioso y difícil de descifrar. A ella se le daba bien el «sacarle la foto» a un hombre, pero Sandro era imposible de «fotografiar».

—Te lo has ganado —susurró Libertad, luego recordó lo que estaba haciendo antes de ser asaltada. Se alarmó porque no sabía dónde estaba en realidad, si estaba lejos o no de su casa, ni siquiera sabía qué hora era—. Debo llamar a mis viejos, deben estar como locos... ¿qué hora es?

Sandro sacó de su bolsillo un reloj de cadena que tenía la apariencia de ser muy antiguo. A Libertad le pareció de lo más especial el objeto, ya casi nadie usaba cosas así. El joven accionó un botón y se abrió una tapa que protegía el cristal de la reliquia y consultó la hora.

—Son las dos de la madrugada.

—¡Las dos, no puede ser! —exclamó sorprendida, se desesperó. Ya se empezaba a formar el cuadro en su cabeza, su padre debería estar furioso porque ella no llegaba a una hora decente. Para él, cuando ella llegaba tarde, era porque estaba perdiendo el tiempo con amigas, u hombres. Tenía un horrible prejuicio con ella. Y si volvía a su casa en esas condiciones, herida y sola, seguramente la iba a sermonear sobre los peligros de la noche, y un sinfín de desgracias que afectaban a las mujeres de su edad. Su padre era ultraconservador y machista, la brecha generacional que se cernía sobre ellos, era prácticamente insalvable.

Y a Libertad mientras más la atosigaba su padre, más se excedía en lo que hacía, solo para darle motivos para que hablara con razón. Finalmente todo se convertía en un campo de batalla donde nadie daba su brazo a torcer.

Sandro se preocupó, al ver que el rostro de Libertad se contrajo con los ojos bien abiertos y pegados en un punto fijo, sumida en sus pensamientos.

—¿Libertad, estás bien?, si hay algún problema te puedo ayudar —ofreció él, sin vacilar.

Libertad pestañeó y dirigió su vista a Sandro que estaba serio y visiblemente preocupado. Trató de sonreír para bajar la tensión. Pero su intento fue infructuoso.

—Solo dame mi bolso para llamar a mis viejos, por favor —respondió compungida.

Sandro le devolvió la mochila a Libertad, ella sacó su celular. Diablos, tenía diez llamadas perdidas de su casa. Iba a marcar de vuelta pero Sandro se lo impidió poniendo su mano en la pantalla del móvil.

—¿Pero qué te pasa?, tengo que llamar a mi casa.

—Lo sé, es que tu cara dice otra cosa. Me imagino que va a ser un problema el decirle a tus padres que te asaltaron, que estás herida en la cabeza y que para rematar, estás en la casa de un hombre, y que ni siquiera conoces la dirección. Hay que hacer algo mejor que eso.

Libertad se sorprendió por la previsión de Sandro. De verdad iba a llamar y no sabía cómo decirles las cosas a sus padres.

—Haremos lo siguiente, vamos ahora al consultorio, una enfermera te verá bien, y después llamaremos a tus padres. Estamos cerca, así que podremos ir caminando. Además tenemos que ver el tema del seguro de accidente de trayecto, el estar acá implica un desvío y puedes perderlo.

Libertad sopesó sus opciones, y lo que le decía Sandro era el menor de los males.

—Ok, haremos lo que tú dices, es lo mejor. Pero creo que no nos atenderán muy rápido que digamos.

—Vamos nomás, no te preocupes. No caminaremos apurados, aún es reciente tu golpe.

Libertad se levantó con la ayuda de Sandro. En realidad se sentía mucho mejor, pero quería sentir su tacto. Inspiró disimuladamente y sintió el perfume de él, olía de maravilla. Las hormonas empezaron a revolucionarse cuando empezó a fantasear con él.

«No es momento para esto, ¡soy incorregible!», se volvió a reprender mentalmente Libertad.

Atravesaron lentamente el hogar de Sandro. Era extraño, el mobiliario era como sacado de una película antigua, todo de madera y conservado en impecables condiciones. Todo estaba limpio. Parecía la casa de una abuelita, pero no olía a abuelita. Era un lugar contradictorio.

Salieron a la calle y comenzaron a caminar en silencio. Libertad quería averiguar más sobre Sandro, pero no quería verse desesperada por información. Así que se quedó callada por un rato. Miró su entorno, y ya sabía en qué parte del barrio se encontraba y estaba totalmente orientada. La noche seguía estando fresca, cosa que agradeció.

Cuando Libertad se decidió a hablar, Sandro le ganó el quien vive.

—Llegamos —indicó él con un gesto con su mano derecha.

Libertad no se dio cuenta de cómo llegaron al consultorio, estaba tan absorta decidiendo si interrogarlo o no, que se le acabó el tiempo.

Entraron al recinto y se dirigieron al mesón de informaciones. Sandro se acercó con familiaridad al hombre de aspecto mayor que estaba frente al computador.

—Disculpe, estoy buscando a la señorita Hilda Correa —dijo Sandro con un tono de autoridad que hizo que el hombre hiciera contacto visual.

—Don Sandro, ¿cómo está? Tanto tiempo sin verlo, ¿qué hace por acá? —saludó el hombre del mesón visiblemente contento de verlo.

—Muy bien, don Elías, acá estoy con la señorita Libertad, fue asaltada y le golpearon la cabeza. Se desmayó, le di primeros auxilios y cuando recobró la conciencia la traje para que la viera la señorita Hilda.

—¡Qué mala suerte!, ¿sabe quién la asaltó?

—Llegue a tiempo, le di su *raspacacho* a Warloncito.

—Ese *angustia'o*… ahora asalta a vecinos.

—Le di su advertencia. Si lo hace de nuevo, va a tener que buscarse *monos* en otro lado. Y en otro lado no va a ser tan fácil conseguir «crédito» para sus dosis.

—Bien me parece. Ese cabro no se va a rehabilitar nunca, lleva muchos años metido en esa cosa. Ya, vamos a llamar a la señorita Hilda para que atienda a esta chiquilla.

—¿Es que todos hablan como abuelitos acá? —se dijo bajito Libertad

—¿Te pasa algo, Libertad?, ¿te sientes bien? —preguntó Sandro cuando no logró escuchar lo que decía ella.

—No, o sea, sí… No, no me pasa nada…

Don Elías dejó su puesto de trabajo y se perdió de vista, pasaron unos minutos. Luego apareció por otra puerta y les hizo señas para que pasaran. Sandro y Libertad se acercaron a él.

—Los verá en el box tres, pasen rapidito —avisó don Elías en voz baja.

Se internaron en los pasillos del consultorio, Sandro se movía con seguridad. Ni siquiera necesitaba indicaciones. Evidentemente, él era casi de la casa en ese consultorio.

Llegaron al mentado box tres. En él estaba una mujer rubia de ojos pardos, de unos cuarenta y cinco años, se notaba que se cuidaba, era muy bonita.

—Así que acá tenemos a don Sandro. ¿Cómo está, mi niño?

—Bien, señorita Hilda. Le traje una paciente para que la revise. También necesita un comprobante de atención para el seguro de accidentes de trayecto.

—No hay problema, mi niño. Veamos a la chiquilla.

La enfermera, le hizo rápidamente el chequeo de rutina, y Sandro le relató lo ocurrido las últimas dos horas. También le hablo del golpe en la frente de la tarde.

—Bien, creo que don Sandro hizo un muy buen trabajo de primeros auxilios. Libertad, te voy a dar unos analgésicos, y si tienes mareos, pérdida de visión, o de conciencia, te tienen que traer de nuevo para acá.

—Ok, haré lo que usted diga.

En realidad Libertad se sentía como «pollo en corral ajeno». Sandro era una persona muy conocida en el lugar y todos lo trataban con cariño y respeto. Ahora sí que le intrigaba de sobremanera la historia que se ocultaba tras de él. ¿Quién era Sandro?, ¿por qué todo el mundo parece conocerlo menos ella?, ¿acaso ella había vivido bajo una roca toda su vida?, ¿cómo no lo vio antes, si son prácticamente del mismo barrio? Tenía demasiadas preguntas, ninguna respuesta y aparentemente Sandro no quería ahondar más en la relación circunstancial que tenían, entablando una conversación del tipo esta-es-la-historia-de-mi-vida.

Una vez que terminó la rápida atención médica, Libertad intentó llamar a sus padres. Tenía ahora veinte llamadas perdidas. Ella no quería llamar, no quería hablar con su padre, ni escuchar sermones, ni que la reprendieran. Sandro vio fácilmente el dilema de Libertad reflejado en su cara.

—¿Los llamo yo? —propuso Sandro.

—Si… n-no… ¡ay no sé!

—Déjamelo a mí, ¿cuál es tu apellido?

—Ávalos.

Sandro marcó de vuelta a una de las veinte llamadas perdidas. Sonó el tono dos veces.

—Aló, buenas noches, ¿hablo con algún familiar de Libertad Ávalos? —Sandro usó su tono autoritario para hablar por teléfono.

—Sí, soy el papá de ella. ¿Quién es usted? —interrogó con tono inquisitivo y desconfiado el padre de Libertad desde el otro lado de la línea.

—Señor, soy Sandro Larenas, lo estoy llamando desde el Consultorio Santo Tomás de Aquino. Su hija fue asaltada y golpeada en la cabeza.

—¿Está bien? —preguntó el padre de Libertad, que al escuchar el relato combinado con la voz autoritaria de Sandro le dejó las ganas de discutir para otra ocasión.

—No se preocupe, señor, recibió atención médica y no es de cuidado la lesión. Ella está lista para que alguien la venga a buscar. ¿Tiene medios, o a alguien más para venir a buscarla?

—Sí.

—¿Sabe cómo llegar hasta acá, o le doy la dirección?

—Voy ahora.

Y cortó. Sandro, se quedó un poco perplejo por la actitud cortante del padre de Libertad, el hombre prácticamente respondió sólo con monosílabos y más que preocupación, su voz demostraba molestia.

—Con razón no querías llamar a tu casa. Se nota que tu padre es algo… «difícil».

—¿Difícil?, es quedarse corto con esa palabra, es más bien insoportable.

—¿Quieres que te acompañe hasta que él llegue? —En realidad Sandro no podía seguir acompañando a Libertad, era muy tarde y tenía cosas que hacer temprano. Pero su instinto le dijo que ella de algún modo lo necesitaba. Era una estupidez pensar así, pero prefería hacer las cosas bien. Hacer lo correcto.

—Sería de mucha ayuda para calmar a la bestia, muchas gracias. Mi viejo suele serenarse frente a los de su especie… quiero decir, frente a otro hombre…

uno que sea igual a él… bueno, no eres igual-igual a él, se nota a la legua que no eres como mi padre, no quise decir que eres como él… ¡ay por favor hazme callar! —Libertad se dio cuenta muy tarde de que estaba desvariando con su monólogo.

Sandro veía perplejo como ella decía todo casi sin respirar. Le pareció que era divertida y el ser con más mala suerte que había visto ese día (aunque él solía ver a gente con peor suerte en su trabajo todos los días y a cada rato). Pero a pesar de todo, ella no se veía como una persona triste o depresiva, tenía un espíritu alegre y ella de algún modo le contagiaba algo de eso. Pensó Sandro que ella probablemente estaba rodeada de gente que la quería, y de muchos amigos. Seguramente esa joven mujer tenía una vida muy, muy diferente a la de él, y sintió un poco de envidia por ello.

Libertad por su parte sentía una inusitada necesidad por saber más. Sandro era un lindo rompecabezas para armar. Se preguntaba si él dejaría que ella ordenase sus piezas para ver el cuadro completo. Solo tenía pistas de la impresión que él le había dejado, era respetuoso, responsable, amable, ordenado, muy ceremonioso para expresarse. Era como un alma vieja dentro de un cuerpo joven.

—¿Sandro, qué pasó mientras estaba inconsciente? —preguntó por curiosidad.

—El que te golpeó salió corriendo cuando me vio, y el segundo no alcanzó a escapar, y recibió un merecido escarmiento.

—Ahhhh, ¿te conocen esos *zombies*?

—De algún modo sí, pero no están relacionados directamente conmigo.

—¿Quién es Ángel?

Al escuchar ese nombre Sandro tensó sus músculos, era un gesto imperceptible, solo su abuela conocía esa postura que ponía cuando estaba incómodo.

—¿Ese es tu padre? —Sandro señaló un automóvil azul antiguo, y un hombre de unos cincuenta y tantos años salió de él.

—Ehhh, sí, es él.

—Hablaré con él. Tú… trata de no decir nada.

El hombre se acercó a la pareja con el gesto adusto, y de estar de muy «malas pulgas».

—Buenas noches, señor —saludó Sandro.

—Buenas, joven, gracias por acompañarla. Ya, hija, vamos para la casa —apresuró el padre de Libertad.

—Disculpe, señor, debo informarle que su hija está un poco conmocionada con el asalto y los golpes recibidos en la cabeza. Afortunadamente el atraco pudo ser repelido y no perdió sus pertenencias. Pero es posible que no vaya a hablar mucho ahora, no la presione con preguntas, por favor. Ha pasado por mucho hoy.

—¿Es usted doctor? —preguntó el padre de Libertad con molestia por ese hombre que le decía como tenía que tratar a su hija.

—No, pero fui yo quien defendió a su hija de dos hombres armados. Así que le pido que no empeore más el estado de ella. Yo sé lo que sufrió con el atraco, fui testigo de ello —justificó Sandro muy serio y con el tono de voz firme. Claro, él no iba a decir que eran un par de *zombies* de poca monta, que tenían la fuerza de una hormiga, pero había que exagerar un poquito para que el hombre no se desquitara con Libertad, por lo que fuera que estaba molesto.

El padre de Libertad se quedó por unos segundos en silencio, vio que su hija estaba especialmente callada, y el hombre que tenía frente a él, si bien era joven, no parecía ser uno de esos «vagos» con los que salía su hija. Se veía respetable.

—Ok, le creo… gracias por todo lo que ha hecho.

—No hay de qué, señor, es lo que cualquier persona haría.

Con solo esa «declaración de principios» Sandro se ganó los puntos con el padre de Libertad, y su admiración. Los jóvenes de hoy no eran tan correctos, educados y responsables como el muchacho que tenía al frente.

Libertad estaba sorprendida, su padre pasó de Shrek, a Tinkerbell en cuestión de segundos, y sin polvillos mágicos de por medio. Sandro tenía la virtud de obrar sobre el carácter de los demás, era cosa de ver cómo lo trataban en el consultorio, y ahora su padre estaba casi «haciéndole un queque», y se había unido al fan club de Sandro como presidente honorario.

—No sé cómo agradecerte, de verdad —dijo el padre de Libertad cambiando su tono de voz por uno mucho más distendido.

—No hay nada que hacer para agradecer. Vayan a descansar, lo necesitamos todos.

—Como digas, hijo, buenas noches… ¿cómo me dijiste que te llamabas?

—Sandro… Sandro Larenas, señor.

—Bueno, Sandro, espero verte pronto, y muchas gracias de nuevo por ayudar a mi hija. Vamos, Libertad, tu mamá está preocupada y debes descansar.

Libertad asintió. Se acercó a Sandro y le besó la mejilla.

—Gracias, Sandro. Eres lo máximo —le susurró mientras le besaba.

—De nada, tal vez otro día nos veremos.

Libertad se fue con su padre. Sandro se quedó de pie a la salida del consultorio viendo cómo se alejaban.

—¿De dónde salió ella? nunca la había visto. Parece que he vivido bajo una roca toda mi vida… estamos prácticamente en el mismo barrio —dijo Sandro en voz baja y tocándose la mejilla en el mismo lugar donde recibió el casto beso de Libertad. Le restó importancia al gesto, se encogió de hombros y se dirigió a su casa.

Capítulo 5

Sandro despertó a las seis y media de la mañana. Había dormido menos de cuatro horas. Apagó la alarma del reloj despertador y la retrasó por una hora más.

—Mañana saldré a correr, hoy estoy molido. —Se dio vuelta, se acurrucó y siguió durmiendo.

Libertad se levantó a las diez de la mañana, con un leve dolor de cabeza. Se tomó los analgésicos y llamó a su jefe por teléfono para avisar que no iba a trabajar y le contó sobre su imprevisto nocturno. A don Tulio no le cayó muy bien la idea, para variar, y de mala gana aceptó que no fuera ese día a trabajar.

Salió a la calle con una misión, averiguar más sobre Sandro, y quien mejor para ayudarla en su empresa que su vecina, la señora Silvia.

La señora Silvia era su vecina, ella conocía la historia de todos. Libertad no tenía idea de la edad de ella, era como si hubiera nacido vieja la señora. No fue necesario llamar a su puerta, la señora Silvia ya estaba barriendo la calle. Siempre lo hacía, a todas horas, limpiar con una escoba era como un deporte olímpico para ella.

—Hola, señora Silvia, ¿cómo está? —saludó alegremente Libertad.

—Bien, acá, mi niña, con los achaques de siempre. ¿Qué la trae por estos lares?

—Tengo unas preguntitas que hacerle.

—Pregunta nomás, a ver, ¿en qué te puedo ayudar?

—¿Usted conoce a Sandro Larenas?

—¿A Sandrito?, de chiquitito lo conozco. Vive al entrar a la villa, yo era muy amiga de su abuela que en paz descanse. La señora Gloria vivía por Sandrito.

—Sí, ese mismo es... ¿hace cuánto que vive en el barrio?

—Mmmmmm, Sandrito llegó acá a vivir con su abuela cuando tenía unos ocho años. Sus papás murieron en un accidente, los atropelló un auto, el conductor iba borracho, «cocido como botón de oro». El tipo que manejaba también murió cuando el auto quedo estampado en un árbol. Fue un golpe terrible para los niños.

—¿Los niños? —A ella le sorprendió ese dato, así que empezó a tomar notas mentales de todo lo que le dijera la señora Silvia.

—Sí, Sandro y su hermano, se llama Ángel.

—¿Ángel?, ¿él vive con Sandro? —Ahora Libertad sabía quién era el famoso Ángel

—Noooo, hace mucho que no viven juntos. Ángel es el hermano mayor de Sandrito, se llevan por unos cuatro años. ¿No sabes quién es?

—No. ¿Debería?

—Ahhhh, puede que hayas oído hablar de él, pero de otra manera, ¿ubicas al Rucio?

—A ese sí lo ubico de nombre, físicamente no sé cómo es.

—Bueno ese es Ángel.

—¿Queeeeé? Pero si ese es un narcotraficante de los más «brígido» y peligroso.

—Bueno, tomaron decisiones diferentes en la vida. A Ángel no le entró nunca lo que trataba de inculcarles la señora Gloria, y prefirió ganarse la vida de esa manera. Se cree Vito Corleone.

—Sí, ese tipo tiene una fama que se la encargo. ¿Son muy unidos Sandro y «El Rucio»?

—Cuando eran niños sí, pero cuando Ángel se lanzó al negocio de la droga, se distanciaron. Hablan a veces pero son cosas muy puntuales.

—¿Y hace cuanto murió la señora Gloria?

—Serán unos seis meses ya. A Sandro le afectó mucho, la acompañaba a todas partes el último tiempo, nunca la dejó sola. El no lloró en el funeral, fue muy estoico. Es un *cabro* como pocos. Nunca le he conocido alguna polola... Puede que chutee para el otro equipo, aunque él es un caballero, y no se le nota. —Esto último la señora Silvia lo dijo intencionalmente para espantar a Libertad. Le tenía mucho cariño a Sandro y no iba a permitir que cualquiera se relacionara con él, o le hiciera daño.

—¿Usted de verdad cree que Sandro es *gay*? —Era algo en lo que no había pensado, y sí, era algo posible, en este mundo todo puede ser.

—Es posible, nunca lo he visto con alguna niña. Bueno es que Sandrito es muy reservado para esas cosas, sé que estudió algo, pero no sé qué, ni su abuela sabía, y creo que también trabaja, pero tampoco sé en qué. Solo sé que sale todas las mañanas a correr, luego se va al trabajo y vuelve a distintas horas. Algunas veces viene para acá y tomamos una taza de té, lo hace para ver si estoy bien, hablamos de música o de películas viejas, jugamos canasta.

—Es como un abuelito en cuerpo de joven, ¿qué edad tiene él? —Para Libertad la señora Silvia se estaba convirtiendo en una fuente inagotable de información, e iba a aprovechar al máximo la lengua suelta de su vecina.

—Veintinueve o treinta, no sé muy bien *mijita*. Me falla el cálculo.

—Mmmmm, se ve más joven... —acotó, «en todo caso, el vino sabe mejor cuando está maduro», pensó pícara.

—¿Y tú?, ¿de qué conoces a Sandrito?

—Me salvó de un asalto a la entrada de la villa. Un par de *zombies* me estaban tratando de quitar la mochila, me golpearon en la cabeza y perdí el conocimiento un rato.

—¡No te puedo creer, niña, por Dios!

—Y cuando recobré el conocimiento, Sandro estaba espantándolos, recuperó mis cosas, me llevó a su casa y me atendió el golpe.

—Eso es propio de él, no me sorprende... es tan buen *cabro*.

«¡Ufff sí! Sandro es muuuuy bueno... buenorrrrrro», pensó libidinosamente Libertad.

—Sí, él es muy buena persona —concordó ella con su vecina— ... ya señora Silvia, la dejo. Tengo un par de cosas que debo resolver. Gracias por la información.

—Ustedes los jóvenes de ahora solo se ven el ombligo, no se preocupan más que de sí mismos, a Sandro lo conoce medio mundo. No sé dónde has estado metida, chiquilla —reprendió la señora Silvia medio en broma, medio en serio.

—Bueno, he estado estudiando, trabajando, carreteando... En fin, muchas cosas —excusó Libertad, pero en el fondo, ella sabía que su vecina tenía razón.

—Sí, tienes muuucho que hacer —ironizó—, con suerte me conoces, niña, pero a tus vecinos... ¡pfff!, nada de nada.

—Ya *po'h*... No me rete, señora Silvia —pidió clemencia.

—Sí, ya lo hice, y te volveré a retar cuando me hables solo para averiguar información de alguien... deberías venirte a tomarte una tacita de té conmigo.

—Algún día, señora Silvia... me tengo que ir. Adiosito

—Chao, *mijita* y cuídese.

—Usted también... *bye*!

Libertad quedó muy sorprendida de toda la información que obtuvo acerca de Sandro. Ahora sí que estaba interesada en saber más. ¡Ay la curiosidad!, sentía un deseo irrefrenable de hablar con él, de verlo de nuevo. Quería saber todo acerca de Sandro, le llamaba la atención y mucho. Sentía un nudo en el estómago cuando pensaba demasiado en él, y Libertad encontraba que todo lo que sentía era absurdo, pero ahí estaba la sensación y ya, no podía hacer mucho contra ello. Y más encima, era probable de que su salvador fuera *gay*.

Tenía dos alternativas, dejar que pasara todo como una experiencia y nada más, ya saben, eso de «el tiempo lo cura todo», o, tratar de entablar algún tipo de contacto con Sandro.

Libertad descartó de inmediato la primera alternativa, le pareció mucho más divertida e interesante la segunda opción.

Capítulo 6

Sandro llegó a su casa después de un agotador día de trabajo. A las siete y media de la tarde, abrió el portón de la reja y cuando entró al jardín vio un sobre blanco. Lo recogió y lo revisó por ambos lados, del lado del remitente estaba escrita solo la palabra «Libertad».

Estaba un poco sorprendido por la misiva, y más aún por quien la enviaba. Sandro entró a su casa, abrió el sobre con un abrecartas, y leyó.

«*Estimado Sandro:*
Espero que estés bien al recibir esta nota.

Como no me sé tu teléfono y no sé qué horarios tienes, decidí escribirte (no voy a estar todo el día esperando en tu puerta para conversar contigo). Bueno, la cosa es que me gustaría mucho agradecerte todo lo que has hecho por mí. ¿Me dejarías invitarte una taza de café para que conversemos un rato?

Te dejo mi número de celular para que me llames en caso de aceptar la invitación.

Si no me llamas nunca, no te preocupes, yo lo entenderé.

Un beso y gracias de nuevo por todo.

Libertad.

PS: Mi número es 8-5515123»

Sandro releyó de nuevo la nota, Libertad era una joven de armas tomar, y decidida. No estaba seguro de aceptar la invitación, él no solía relacionarse con mujeres jóvenes que vivieran en su mismo barrio, y si había algún tipo de trato, no iba más allá del saludo de rigor. Esa decisión la tomó hace muchos años, cuando su hermano Ángel se pasó al lado oscuro de la fuerza y se dedicó a traficar pasta base. No podía permitir arriesgar a alguien inocente por el hecho de ser el hermano de un narcotraficante. Por otro lado, Sandro se sentía solo, los últimos meses habían sido duros por la muerte de su abuela, que era más que una madre para él. Hacía tiempo que no conversaba con una mujer que fuera relativamente de su edad y sentía la necesidad de conectarse con el mundo fuera de su casa y su trabajo. Estaba envuelto en una espiral de responsabilidades de la cual no tenía muchas oportunidades para salir.

Sandro siempre fue correcto y un tanto cuadrado en su forma de ser. Fue educado de esa manera y le costaba ser flexible.

Pensó por unos minutos y finalmente decidió hacer algo fuera de lo habitual en él. Tomó su celular y marcó el número de Libertad. Sonaron tres tonos.

—¿Aló? —contestó una voz de mujer.

—Hola, buenas noches, ¿estoy hablando con Libertad Ávalos?

Libertad al escuchar la voz de Sandro sintió una ola de frío y calor que le recorrían las piernas, y los nervios se apoderaron de ella. Decidió disimular que no le reconocía para que él le confirmara quien era.

—S-sí, con ella... ¿con quién hablo?

—Hola, soy Sandro, ¿cómo estás? —Él al oír la voz de ella, sonrió, como que se sentía contagiado con su frescura.

—Hola, Sandro... estoy muy bien gracias, ¿y tú? —contestó Libertad alegremente.

—Bien, hace un rato leí la nota que me dejaste en el jardín... Te llamaba porque no puedo permitir que me invites a tomar un café.

—Ah... bueno... — Libertad se llenó de decepción, y no sabía que más decir, se sintió un poco estúpida, era una lástima que él no quisiera aceptar su invitación. Ella pensó que podría ser peor, por lo menos Sandro tuvo la decencia de decírselo directamente y no hacerla esperar mil años.

—El que tiene que invitar soy yo, ¿te parece si nos encontramos el día sábado, en Mac Iver con Alameda, como a las seis de la tarde? —propuso Sandro con seguridad.

Libertad no podía con la montaña rusa de emociones a la que la estaba sometiendo Sandro sin saberlo. Pasó de la decepción a la alegría en cuestión de segundos; después de todo él sí aceptaba la invitación. Le haría pagar por hacerle pasar un mal rato.

—Ahhhh, ¿entonces te las vas a dar de macho alfa proveedor?, ¿por qué no puedes aceptar que yo te invite?

—Porque no… no puedes desarraigar años de enseñanzas de que un caballero debe invitar a una señorita. Yo invito y se acabó. —Sandro comenzó a exasperarse, ¿por qué ella no aceptaba y ya? Qué terca era aquella señorita.

—Ya bueno, bueno… tú invitas, pero que conste que fue idea mía. Nos veremos el sábado a las seis.

—Listo, nos vemos entonces. Cuídate mucho, que estés bien, Libertad.

—Tú también, *bye*.

Bien, no fue tan difícil después de todo para Sandro, solo faltaba esperar a que llegara el día acordado. Y recién era miércoles.

Lo que quedaba de semana pasó lentamente para Libertad, entre la insostenible relación laboral que tenía con su jefe y las ganas de que llegara el día sábado se le hizo eterna la espera. Para Sandro tampoco fue fácil, estaba nervioso por salir de su zona de confort y encontrarse con una mujer joven a tomarse un café.

Por otro lado estaba ansioso, Libertad era diferente, y tenía algo especial que ni el mismo se podía explicar y se sentía en cierto modo atraído hacia ella.

Finalmente llegó el día, Libertad salió de su casa vestida con un vestido azul oscuro sin mangas, cuello en V y corte imperio, que se ceñía a su cintura y le llegaba sobre la rodilla. Era un vestido sencillo, pero en el cuerpo de libertad se destacaban sus curvas, le calzaba como guante. Llevaba su cabello castaño alisado y estaba maquillada suavemente, en realidad, a ella no le gustaba mucho parecer mapache, así que siempre optaba por algo que fuera más natural. Sus ojos verdes y sus labios carnosos y rosados no necesitaban mucho para ser resaltados. Completaba su atuendo con zapatos negros con un taco lo suficientemente alto para estar cómoda y no hacer sufrir sus delicados pies.

Cuando llegó al lugar donde debían reunirse, se encontró con un Sandro que la dejó con la baba corriendo como el río Nilo. Vestía pantalón de vestir gris oscuro, cinturón de cuero café y camisa azul oscuro que se le apegaba al cuerpo, era como ver una estatua de Apolo pero con ropa del siglo XXI. Sandro aún no se había dado cuenta que ella estaba cerca, estaba pendiente de su *smartphone* mientras esperaba a Libertad. De pronto levantó la vista y la vió, se veía tan bonita, era una mezcla rara entre inocencia y sensualidad. La visión de ella le hizo correr la sangre por las venas de manera más rápida y su serenidad se fue a la punta del cerro, muy lejos de él.

Libertad se acercó a él y se saludaron con un fugaz beso en la mejilla, pero que ambos siguieron sintiendo por mucho más tiempo, como una cálida huella en sus pieles.

—¿Cómo estás? —preguntaron ambos al mismo tiempo.

—Bien y tú —se respondieron a la vez de nuevo. Se reían de lo divertida que era la situación. Sandro levantó su dedo índice como para indicar que era su turno para hablar el solo y no al unísono.

—Vamos al café Colonia, está a un par de cuadras de aquí. ¿Has ido alguna vez ahí? —preguntó mientras tomaban rumbo al lugar que él indicaba.

—Lo conozco, pero por fuera nomás —comentó ella caminando al lado de él—. No es que me inviten muy seguido a tomar café.

—¿Y a que te invitan por lo general? —interrogó curioso.

—Depende… pero no querrás saber para qué me invitan la mayoría de las veces —respondió ladina e inmediatamente se arrepintió de decir aquello. Interiormente se quería hacer un *harakiri* ahí mismo pensando «mierda, prácticamente le dije que me invitan a solo tener sexo. Bueno, si lo hacen, pero también me invitan a comer algo antes…. Ay la re cagué. Se me olvida que el doble sentido es el segundo idioma de los hombres».

—Ahhhhhh… creo que lo imagino… Supongo que no se resisten a invitarte. —El segundo idioma nativo de Sandro era efectivamente el doble sentido, pero casi siempre lo usa con compañeros de trabajo, así que entendió perfectamente lo que Libertad insinuaba.

Se quedaron un momento en silencio, Libertad se dijo que si Sandro era uno de esos hombres que creen que las mujeres deben llegar vírgenes al matrimonio en un blanco impoluto, lo iba a mandar a freír monos al África. Ella era dueña de disfrutar de su cuerpo. Tenía ese derecho igual que los hombres. ¡No faltaba más!

Sandro se quedó mirando unos momentos a Libertad, estaba seria, supo en ese preciso momento que ella estaba un poco perturbada por su declaración velada de que ella no era una casta, y virginal puritana, sino todo lo contrario. No le molestó para nada, pero sintió algo parecido a los celos, lo cual era totalmente infundado y absurdo, y desechó inmediatamente ese pensamiento, pues ella no era nada de él y apenas la conocía. Descartó inmediatamente todas esas emociones y prosiguió con su conversación al ver que Libertad no decía ni pío.

—Bueno, no los vamos a culpar, eres una mujer muy bonita —halagó—. Es lógico que atraigas al sexo opuesto.

Libertad sonrió por el cumplido y por no tener que mandarlo a freír monos al África. Estaba disfrutando de la compañía de él.

—Gracias, tú también eres un hombre muy bonito.

—Reconozco que nunca me habían dicho que soy un hombre bonito, y según mi experiencia, me han dicho muchas cosas menos halagadoras. Así que gracias por el cumplido —agradeció con un dejo de timidez.

Una vez superado ese pequeño lapsus, llegaron al café Colonia, y tomaron asiento. Llegó el garzón a su mesa y al ver a Sandro se le iluminó el rostro con una auténtica sonrisa.

—Miren quien nos vino a visitar. Don Sandro, qué gusto tenerlo por acá, hace mucho que no le veíamos por estos lares.

—Hola, don Mario, ¿cómo está usted? ¿Todo bien?

—Nos va bien, todo el tiempo es así, no me quejo. ¿Qué se va servir, lo de siempre?

—Sí, a mí lo de siempre. Necesitamos una carta para mi acompañante, cuando decida pedimos.

—No hay problema, acá tiene, señorita. —Don Mario le entregó la carta a Libertad. Ella estaba harta de que todo el mundo conociera a Sandro. ¿Había algún lugar en Santiago donde no lo conocieran, donde no le dijeran «don Sandro» como si se tratara de algún famoso?

Don Mario se retiró y Libertad empezó a hojear la carta para elegir que iba a consumir.

—Mientras elijo, por favor sácame de una duda. ¿Por qué todo el mundo te conoce? Yo no te había visto ni en pelea de perros antes de conocernos, pero parece que la mitad de la población de Santiago conoce a «don Sandro» —Libertad preguntó haciendo el gesto de comillas cuando mencionó su apelativo.

Sandro quedo atónito por unos segundos por la pregunta de Libertad, y luego rio a carcajadas. Le parecía graciosa esa aseveración, pero bueno, mejor era responderle la pregunta.

—Bueno, lo único que sé es que no me conoce la mitad de la población de Santiago. No sé de dónde sacas esa afirmación.

—En el consultorio donde me atendieron te conocía el recepcionista y la enfermera, acá el garzón, y todos te hablan como si fueran amigos de toda la vida. Hasta ese par de *zombies* que me asaltaron sabían quien eras y resulta que mi vecina, la señora Silvia, también te conoce —enumeró con sus dedos a cada uno de los que conocían la existencia de «don Sandro».

—Ahhhh, todo tiene una respuesta lógica, pero tomaría demasiado tiempo contestarte, sería contarte tooooda mi vida.

—Tenemos tiempo, Sandro. —Cerró el menú y sonrió—. Voy a pedir un *mokaccino* con un trozo de torta naranja morena. Cuéntame, soy toda oídos.

Sandro le hizo un gesto a don Mario, y él se acercó de inmediato al lado de ellos para tomar el pedido.

—Lo mismo de siempre para mí y para la señorita —solicitó a don Mario, quien asintió y partió raudo a preparar el pedido.

—¿Siempre tomas *mokaccino* y torta de naranja? —preguntó sorprendida por la casualidad.

—Sí, mira qué coincidencia que pidieras lo mismo.

—Ajá. ¿Bueno vas a contarme la historia de tu vida? —interrogó impaciente.

—Dado que conoces a la señora Silvia, supongo que ya sabes algunas cosas y conociendo cómo es nuestra querida vecina, asumo que ya sabes la mitad de mi vida.

Libertad se quedó de piedra, Sandro descubrió al instante que ella ya había averiguado algo. El maldito hombre debía ser mentalista o Sherlock Holmes, o las dos cosas al mismo tiempo.

—¿Te dijo algo la señora Silvia? —preguntó Libertad con curiosidad, pensando que su vecina la había delatado.

—No, pero sé cómo es, y si tú la conoces es lógico que ella te hubiera contado algo, no digamos que es muy discreta. No lo hace con mala intención pero a veces se le pasa la mano... Bien, ¿qué es lo que has averiguado de mí?

—Lo principal, acerca de tu abuela, lo que les pasó a tus padres… Y algo de tu hermano —mencionó Libertad, Sandro tensó su mandíbula al escuchar el nombre de su hermano.

—Bueno entonces no hay mucho más que contar —aseguró lacónico.

Sandro se pegó un *post-it* mental con la nota, «cuando hable con la señora Silvia la voy a colgar por habladora», así no lo olvidaría tan fácilmente la próxima vez que la viera.

—¿Es algo como un secreto de estado tu vida?, o sea, me contaron algunas cosas de ti, pero la señora Silvia no entró en mucho detalle —aclaró—. Y no has contestado mi pregunta inicial.

Sandro tomó una postura un poco rígida y se debatía entre contarle cosas que por lo general se guardaba para sí mismo o guiar la conversación para no revelar nada. Al final, decidió que tenía que conversar de temas más o menos ligeros para observar a Libertad, ver cómo se expresaba, incomodarla tal vez, necesitaba saber si era una persona de confianza.

—Está bien, pero haremos un trato, por cada cosa que te cuente yo, tú tienes contarme algo tuyo, lógicamente eso dependerá de cuánto despiertes mi curiosidad y qué cosas quiera saber yo de ti —propuso con un poco de arrogancia para ver como reaccionaba ella.

—Es justo, pero yo pregunté primero, así que debes contestar. ¿Por qué todo el mundo te conoce?

—A ver… Me conocen en el consultorio porque mi abuela iba siempre a controles, por su enfermedad renal, y yo la acompañaba. Ella era muy querida, era de ese tipo de personas que la ves y la amas al instante. Acá soy famoso porque teníamos la costumbre mi abuela y yo, de venir todas las semanas al café, eso ha sido desde que empecé a vivir con ella, don Mario prácticamente me vio crecer. Cuando ella murió no tenía razón de venir acá solo. Y bueno, al par de *angustiados* que tuvimos el placer de interactuar con ellos, ya has de suponer de dónde viene la conexión.

—Eso explica muchas cosas de porque medio Santiago te conoce.

—El consultorio y este café no es la mitad de la población de Santiago —dijo Sandro para evitar sentir tristeza, pues una avalancha de recuerdos se agolpaban en su corazón—. Bien, ahora cuéntame tú, ¿qué hacías tan tarde esa noche que te asaltaron?

—Venía del trabajo, hago turnos y esa vez me tocó el de tarde-noche. No era nada del otro mundo, es habitual que transite a esa hora algunos días a la semana. ¿Y tú qué hacías a esa hora?

—También volvía del trabajo. Pero mi horario es relativo —respondió escueto—, ¿y en qué trabajas tú?

—Trabajo en un casino para un edificio de la ciudad empresarial de Huechuraba.

—Bien lejos trabajas. Atraviesas todo Santiago para llegar.

—Sí, pero me gusta lo que hago, no soporto a mi jefe, es un viejo misógino, pero mientras no lo vea en el día todo está bien. Y ya que estamos hablando de trabajo, ¿en qué trabajas tú?

—Mmmmm… —Sandro se quedó pensativo unos segundos, apoyó su espalda en el respaldo de la silla y estiró un poco las piernas, su dedo índice golpeaba la mesa. Su instinto le decía que Libertad era una persona de fiar, de hecho no veía ningún rastro de que fuera una persona maliciosa, había estado con ella en una situación difícil y ahora en un ambiente más relajado y se comportaba de la misma manera. Ella era como un libro abierto, pero a la vez tenía sus misterios que le gustaría descubrir, Sandro se sorprendió de ese pensamiento. Sí, le gustaría saber más de ella, reconoció para sí mismo, así que decidió hacer un salto de fe—. Antes de responderte esa pregunta debo advertirte un par de cosas…

«… Y espero que no me falle la intución, y no equivocarme contigo», pensó esperanzado.

El rostro de Sandro se volvió serio como un *moai* de la Isla de Pascua. Libertad solo quería que no le confesara que estaba secretamente casado, o *gay*, o *gigoló*, o un *gigoló-gay*, o casado-*gigoló-gay*. Bueno esos pensamientos no tenían nada que ver con trabajo. Ok, tal vez la parte de *gigoló* si tenía que ver con trabajo. Podría soportar cualquier cosa menos esas tres alternativas juntas o separadas. Sandro interrumpió de pronto el hilo dramático de sus pensamientos.

—Mira, Libertad, nadie, pero absolutamente nadie debe saber en qué trabajo. Es sumamente importante que entiendas que lo que te estoy confiando solo debe quedar entre nosotros. Si alguien equivocado se entera, hasta tú puedes estar en riesgo.

Libertad se puso en alerta para prepararse ante lo que Sandro le iba a contar. Pero estaba segura que ella se llevaría el secreto a la tumba, aunque fuera malo. Podían decir cualquier cosa de ella, menos que era una chismosa cuando se trataba de cosas realmente serias, y aparentemente lo de Sandro era muy, muy serio. Mil tipos de trabajos sucios e ilegales se le fueron a la mente, era realmente amplio el ramillete de oficios de los cuales podía elegir. Sobre todo conociendo el prontuario de su afamado hermano narco.

Sandro inspiró profundamente para hablar, debía contarle en que trabajaba antes de seguir profundizando cualquier tipo de relación con la mujer que tenía al frente, en ese momento lo peor que podía pasar era que a Libertad no le gustara lo que iba a escuchar y saliera corriendo despavorida sin mirar atrás. Sabía de primera mano que los secretos muchas veces arruinan las relaciones con las personas de manera permanente.

—Te lo prometo, tu secreto está seguro conmigo. Te debo mucho, es una buena forma de pagarte —dijo Libertad con tal convicción que terminó por persuadir a Sandro de seguir adelante.

En ese mismo instante llegó don Mario con el pedido de ambos, les sirvió con diligencia y se retiró. Se hizo un silencio sepulcral, Sandro le echó un cubo de azúcar rubia a su café y lo revolvió. Mientras lo hacía, Libertad lo veía expectante, quería que comenzara a hablar pronto, pero no lo iba a presionar. Ella también le echó azúcar a su café y lo probó. Como nota mental decidió que el café Colonia era su nuevo lugar favorito.

—Trabajo en la BRICO —dijo Sandro sin más preámbulo y tomó un sorbo de café.

—Perdón ¿en la qué? —De primera, Libertad no entendió qué quería decir Sandro con la palabra BRICO, se le hizo una laguna mental del porte del Titicaca y no podía asociar con nada ese término.

—La BRICO... es la brigada investigadora del crimen organizado de la Policía de Investigaciones.

—¡¿Eres un *tira*?! —A Libertad casi se le salieron sus ojos de sus cuencas de tanto que los abrió, mientras que los engranajes de su cabeza comenzaban a entender el peso de lo que le confesaba Sandro. Si algún *zombie*, narcotraficante o delincuente de la villa se enteraba que él era detective de la PDI, y más encima de la división de crimen organizado, se abría un abanico de posibilidades nefastas. Ahora también entendía los poderes mentales de Sandro, ¡era detective por Dios!, le podía sacar la foto en tres segundos, observaba y analizaba todo lo que ella hacía o decía.

—Detective Larenas, para usted, señorita Ávalos —dijo serio, en un tono de voz que exigía respeto.

—Mierda... Con razón nadie puede saberlo, te lincharían en la villa. Y tu hermano no sería nada feliz si se entera... si es el rey del crimen organizado.

La imaginación de Libertad voló a la velocidad del sonido con pensamientos del tipo «¡Mierda, si lo descubren lo raptarían, lo cortarían en pedacitos, prepararían un guiso con él y lo repartirían entre los *zombies* como almuerzo familiar!». El cerebro de ella se llenó de pensamientos sumamente alentadores y llenos de energía positiva.

—¿Ves por qué es importante que nadie sepa?, no estaba exagerando con tanto secretismo.

—Mierda, esta *hueá* me dejó helada. Te puede pasar cualquier cosa, sería horrible.

—No digas tantos improperios, mujer. No combinan con esa boquita que tienes.

Libertad paso por alto el piropo, si es que lo era. A Sandro le gustó que Libertad se preocupara de inmediato por su bienestar, estaba como loca, pero en el buen sentido de la palabra. Por lo menos no se quedó callada, ni salió disparada por la puerta. Sandro respiró tranquilo, y se relajó.

—¿Pero qué quieres que diga? ¿Santa cachucha, Batman? ¡Y tú también dices impro... impro... palabrotas!

—Solo los digo cuando estoy en modo detective. No abuso de ellos.

—Modo detective… ¿pero qué?... ¡es que no puedes decir «modo detective»! —Libertad rompió en carcajadas, la conversación se había tornado tan surreal que le parecía que estaba en un programa de cámara escondida.

Sandro la veía asombrado, ella no podía parar de reír, y él se estaba contagiando. Todo el mundo los veía de reojo por la escena hilarante que estaban protagonizando. Ambos reían sonoramente y sin pudor, era un ataque de carcajadas en toda regla y no podían parar.

Después de diez minutos pudieron controlar la risa… algo.

—Sandro, gracias por confiar en mí, de verdad.

—Gracias a ti, por no salir corriendo. Mi trabajo no es precisamente un campo de rosas, y uno siempre está a la defensiva. No se puede confiar en nadie y menos aún en el sector donde vivimos —explicó—, pero después de tantos años es agotador guardarse tantas cosas —confesó—. A veces necesitas contacto con algún ser humano fuera de la profesión, y como ya sabes, me es complicado relacionarme con los demás.

—¿Pero por qué no te cambias de casa? se solucionarían muchos de tus problemas.

—No pude, ni puedo por distintos motivos, de momento es mejor así —manifestó Sandro de tal forma que no daba espacio para que Libertad siguiera preguntando por los motivos, cualesquiera que fueran.

—Si tú lo dices… —Se encogió de hombros—, pero algún día también me vas a soltar esos motivos. Tengo mis métodos que son infalibles para hacerte hablar.

—La tortura está penada por la ley, señorita Ávalos —aseveró cautivador.

—Depende de la tortura, detective —replicó sonriendo coqueta.

Y ahí estaban, después de tener una conversación seria, flirteando descaradamente pero sin malicia. El ambiente se distendió, y hablaron de todo un poco, algunas trivialidades, anécdotas, libros. Ella leía novelas románticas y eróticas, y él novelas históricas y sobre cultura asiática, y también reconoció leer poesía.

Rieron mucho, la atracción era mutua. Ella se decía que tenían química. Él se decía que no recordaba cuando fue la última vez que lo pasó tan bien con una mujer, pero ninguno de los dos era capaz de dar un paso al frente. Ambos tenían sus motivos para no apresurarse.

A Libertad le gustaba Sandro cada vez más. En el transcurso de la conversación se fueron levantando más capas que iban develando a un hombre con un gran sentido del humor, firmes convicciones, valores, y pasión en las cosas que hacía. Era un hombre seductor, pero ni el mismo Sandro era consiente de aquello, era algo natural en él, era un clásico macho alfa, pero aparentemente, él no tenía idea de que lo era. A Libertad le encantaba su forma de hablar, de reír, sobre todo esas arruguitas que se le hacían en el rabillo de los ojos. Cuando hacía contacto visual con ella, él no bajaba la vista, ni la evitaba, la miraba fijo como si quisiera hablarle a su alma.

Hacía mucho tiempo, más bien años, que Sandro no se sentía tan cómodo frente a una mujer. No digamos que tenía un listado kilométrico de conquistas, pero tampoco era un monje con voto de castidad. No era el tipo de persona que alardeaba sus conquistas amorosas, su ego estaba en perfecto equilibrio. Sus últimas relaciones comenzaban bien, pero con el tiempo las cosas no resultaban. Se desmoronaban con facilidad al cabo de un par de meses, pues iba sintiendo con el tiempo que no encajaba con sus parejas. Admiraba a Libertad por su tenacidad, su forma de ser tan fresca, no era una mujer mojigata, sino una muy segura de sí misma en muchos aspectos, pero también era sensible, vulnerable y a ratos inocente. Y eso le sacaba a relucir su instinto de protección que no sabía por qué lo sentía hacia aquella joven mujer tan contradictoria. La parte racional de Sandro encontraba ridícula esa reacción, y su corazón coludido con sus hormonas, hacía que se sintiera inevitablemente atraído, como una mariposa nocturna frente a una fuente de luz.

El reloj marcó las ocho y media de la noche y el café ya estaba por cerrar, no se habían dado cuenta de la hora, el tiempo se les pasó volando. Sandro pagó la cuenta, Libertad insistió firmemente en pagar la propina y él finalmente claudicó.

Cuando salieron del café, Sandro ofreció su brazo galantemente a Libertad, y ella aceptó con femenina coquetería el gesto de él, y continuaron caminando rumbo a la Alameda tranquilamente.

—Lo he estado pasando muy bien contigo, Libertad, hace mucho tiempo que no salía con una linda señorita como tú.

—Gracias por lo de linda señorita, yo también lo he pasado bien. Es la primera vez que paseo del brazo de un caballero tan galante como tú. Eres como si fueras un hombre del siglo pasado encerrado en el cuerpo de un hombre joven. O un personaje sacado de la novela Martín Rivas.

—¿La de Alberto Blest Gana?, ¿tú crees? —preguntó asombrado—, es la primera vez que me dicen algo así, no creo que sea tan viejo mi yo interior.

—Probablemente no te lo han dicho en tu cara. Pero no digo que sea malo, solo que es atípico encontrar una persona así de elocuente y caballerosa en el siglo XXI.

—La culpable de que yo sea así, es mi abuela. Si bien mi crianza fue con mucho amor, ella fue muy rígida en materias de cómo tratar a las personas, y como tenía que expresarme. Me enseñó tan bien que no hay cómo hacerme cambiar. Mi abuela provenía de una familia italiana muy educada y estricta. Me echó totalmente a perder para el resto de la sociedad.

—Ahhhhh, bueno eso explica mucho las cosas, ¿tu abuela era por parte de mamá o papá?

—Era por parte de mi papá… —Sandro consultó su reloj antiguo y frunció el ceño—. Es un poco tarde. ¿No tendrás problemas si no llegas temprano a tu casa?

Libertad quedó descolocada por el cambio olímpico de tema de conversación, pero le siguió la corriente, era más que claro que para Sandro hay temas que son más fáciles de hablar que otros.

—Ehhhh, bueno si aviso no hay mucho problema, total siempre piensan lo peor de mí. —Libertad se encogió de hombros resignada.

—¿Cómo es eso de que piensan lo peor de ti?

—Mis viejos son chapados a la antigua, yo creo que más a la antigua que tú y tu abuela juntos. Si hubiera sido por ellos, me habrían puesto un cinturón de castidad para llegar virgen al matrimonio. Pero como el cuerpo es mío y hago lo que quiero con él, a mi virginidad se la llevó el viento hace tiempo atrás, y piensan que me entrego a cualquier cosa con pantalones. Mi gran error fue convivir muy joven durante dos años con la persona equivocada, que no pudo mantener su pene lejos de otra mujer, y que aún se encarga de hacerme la vida a cuadritos. Desde que nos separamos ha tomado como pasatiempo repartir mierda cada vez que puede. Gracias a él, soy la «caliente y fácil» del barrio, y cree que tiene el derecho de decir toda clase de barbaridades porque he tenido unas cuantas «recaídas» con él. —Esbozó una sonrisa triste, en ese momento se dio cuenta de lo absurda que eran esas recaídas, «soy muy débil», pensó ella, «pero no por eso merezco que ese imbécil se limpie la boca conmigo»—… Y mis viejos escuchan y creen todo lo que dicen los demás.

—¿Y eso fue hace mucho? —A Sandro le hirvió la sangre, le picaban las manos por poder estamparle el puño al cretino que estuvo con Libertad por imbécil y poco hombre.

—Eso terminó hace poco más de un año, me costó mucho dejar eso atrás, pero es complicado, ya que es el hijo de la mejor amiga de mi mamá, y siempre está revoloteando. Después de mi relación con él, no he logrado tener nada serio y duradero con nadie, no ha llegado la persona correcta supongo.

Sandro admiró la brutal honestidad de Libertad, ella decía las cosas como eran, no se hacía la santa, ni la pobre mujer desvalida, pero también era triste que sus propios padres le hicieran las cosas más difíciles, prestando oídos a gente malintencionada. Descubrió que realmente ella era una mujer fuerte, pero a la vez suave y frágil. Libertad tenía puesta una armadura para luchar y batallar, pero también el peso de esa misma armadura no le permitía avanzar.

—¿Y cómo se llama el personaje aquel?, en una de esas me conoce. Como según tú dices me conoce medio Santiago.

—Su nombre es Marcos Silva.

—Mmmm, no le conozco, pero ¿es pariente de Marcelo Silva?

—Es su primo.

—Ahhhhh, así que se llama Marcos, entonces si sé quien es... parece que tendré que darte la razón de que conozco medio Santiago —reconoció—. Técnicamente, es solo un conocido desde hace algún tiempo, pero lo conozco por otro nombre, más bien por el apodo, le dicen «*Camboyano* Silva». Nunca he conversado mucho con él, me cae mal... Ahora creo que me cae peor.

—¿Le dicen «*Camboyano*»?

—Básicamente, todas las micros le sirven; si la mujer tiene dos piernas y las puede abrir, le sirve... Bueno esa era la fama que tenía en ese entonces hace como dos años o un poco más. No me gusta cómo se expresa de las mujeres, siempre estaba hablando de sus proezas, es un patán.

A Libertad se le encogió el estómago con esa afirmación, confirmó lo que siempre sospechó, que Marcos nunca respetó lo que tenían, y se sintió mal por reincidir tantas veces con él después de haber terminado su relación. Una vez más, se sintió tonta por tener sexo con él apenas se le daba la oportunidad. Ahora tenía unas enormes ganas de ahorcar a Marcos con sus propias manos hasta arrancarle su último suspiro.

Sandro notó el cambio de humor de Libertad, su semblante se apagó, ya no tenía esa frescura que tanto le llamaba la atención. Quiso subirle un poco el ánimo a Libertad, quería verla reír.

—¿Sabes? cómo detective conozco las mejores maneras de cometer un crimen y ocultar evidencia... por si te interesan mis servicios —ofreció Sandro esbozando una sonrisa pícara.

—¡No estás hablando en serio! —rio—. Eres demasiado bueno como para hacer algo malo... En todo caso, y suponiendo que ofreces de verdad esos servicios, ¿cuáles serían tus tarifas? —Libertad se animó con la conversación acerca de los hipotéticos servicios que están fuera de la ley, sobre todo viniendo de alguien que la defiende, y siendo como es, la respeta a rajatabla.

—Digamos que me deberías un favor y luego veo la manera en cómo me vas a pagar. —Sandro le regaló una sonrisa que prometía muchas maneras placenteras de cobrar favores—. No soy tan bueno como crees.

—Ahhhhh, eres un hombre peligroso, después podrías pedirme cualquier cosa como pago.

—Esa es la gracia, no sabes cómo me cobraré el favor.

—Tendría que pensarlo, Sandro... —Libertad comenzó a reír, su cabeza ya imaginaba un montón de cosas que él podría hacerle a Marcos para que sufriera profundamente, Guantánamo sería una casita de muñecas al lado de lo que Sandro le haría a Marcos. Luego su mente vagó en las múltiples alternativas de como Sandro se podría cobrar el valor de sus servicios con ella, y nada de ello era inocente, era más bien húmedo y lujurioso. Se le subió la sangre a la cara y a otras partes de su anatomía. Menos mal que era de noche y estaba oscuro, así no se le notaba lo encendido que tenía el rostro.

Cuando volvió a oír la risa a Libertad, Sandro se sintió bien por ello, por un par de segundos pensó que era capaz de hacer cualquier cosa por verla siempre reír. Ese pensamiento se quedó escondido en algún rincón de su mente, después le daría vueltas a todo, estaba pasando un buen momento con ella, era lo único que le importaba. Libertad sin querer estaba convirtiendo su existencia gris en algo mucho más colorido.

Continuaron su paseo hasta la próxima estación de metro para volver a sus hogares, siguieron conversando y riendo durante todo el trayecto que recorrieron en el tren subterráneo. Finalmente, Sandro como todo un caballero dejó a Libertad en la puerta de su casa. Estaba la calle desierta y una luminaria en mal estado estaba iluminando a intervalos irregulares de manera precaria.

—Libertad, te dejo en tu casa sana y salva. Gracias por darme tu tiempo.

—Gracias a ti, me gustó mucho salir contigo, fue… inusual.

—¿Inusual?

—Inusual, lo contrario de corriente, lo pasé bien… muy, muy bien.

—Yo también —Sandro se acercó a ella y acarició su mejilla—. Buenas noches, Libertad

Tomó su mano y depositó un suave y cálido beso en ella, y luego le acarició suavemente los nudillos. Libertad sintió un calor que le recorrió todo el cuerpo como una onda expansiva, nunca un beso tan suave e inocente le había provocado tanto anhelo de querer más.

—Ha sido un placer salir contigo. —Sin soltarle la mano, se acercó a ella aún más y se inclinó para besarle los labios. La miró a los ojos y preguntó—. ¿Puedo? —El corazón de Libertad galopaba, cerró los ojos y asintió. El aire se volvía cada vez más caliente y espeso. Sandro sintió la cruda necesidad de besarla, se preguntó toda la tarde a que sabrían sus carnosos labios rosas. Estaban cada vez más cerca, Libertad sentía la tibia respiración de Sandro, y luego…

—¿Así que lo *estai* pasando bien, Liber? ¿Demasiado? —Ella se demoró tres milésimas de segundo en reconocer esa maldita voz, era Marcos. Apareció de la nada, y para variar empezó a marcar territorio como perro con incontinencia urinaria. A Libertad se le congeló la sangre, y se preparó psicológicamente para el escándalo que le iba a montar Marcos.

—Marcos, ¿qué haces aquí? ¿Puedes respetar mi metro cuadrado y darme privacidad? —increpó—. Tú no eres nada mío como para andarte metiendo en mis asuntos. Vete de aquí, por favor —espetó con un tono molesto y cansado, cansado de todo. Siempre era lo mismo con él.

—La calle es libre… además ¿de qué privacidad me *hablai*? Si la semana pasada me estabas montando como puta en un auto. No me *vengai* con *hueás* de privacidad ahora —replicó Marcos con una sonrisa burlona. Solo deseaba humillar a Libertad y espantar un nuevo pretendiente sacando los trapitos al sol. Ella le pertenecía. Todos esos tarados que trataban de acercarse a Libertad al final no podían con él y su constante presencia en la vida de ella.

Libertad no podía creer a los niveles a los que estaba llegando Marcos, tan solo su voz le arruinó el buen momento, y para rematar, empezó a echar con ventilador todo el veneno que tenía para alejar a Sandro. Libertad ya empezaba a resignarse de que esta sería la primera y última cita con él, y lo entendía, porque ella era un imán para los problemas, y tal parecía que Marcos nunca la dejaría en paz. Sin darse cuenta, ella se había convertido en una «mujer-marcada-por-Marcos-para-toda-la-vida», y quedaba vetada para cualquier hombre de la tierra.

Sandro estaba mirando a Marcos serio, demasiado serio. Tenía las manos empuñadas con fuerza, sus nudillos se tornaron blancos, le dieron unas ganas irrefrenables de estampar en un muro la humanidad de Marcos de un solo golpe. Luego de unos segundos inspiró profundamente y se relajó. Acercó a Libertad a su lado y la protegió con su cuerpo, poniéndose entre ella y el intruso. Él no iba a darle en el gusto y montar un espectáculo.

—¿Usted debe ser Marcos Silva, cierto? —Sandro sacó su voz autoritaria pero extremadamente educada y tranquila.

—Sí, ¿*tení* algún problema? ¿Te conozco? —Marcos dijo con prepotencia, no reconoció a Sandro, la noche ocultaba sus facciones.

—No, no me conoce —mintió para ahorrarse explicaciones inútiles—. El problema es que la señorita no quiere hablar nada con usted, déjela tranquila.

—¿Y quién te dio vela en este entierro?, y ésta no tiene nada de señorita.

Libertad estaba a punto de explotar, pero debía mantener la calma. Tomó a Sandro del brazo para llamar su atención.

—Déjalo, Sandro, no vale la pena. Siempre se porta como imbécil.

Sandro se giró hacia ella, la miró fijamente a los ojos, y le dio a entender que todo estaba bajo control. Volvió su mirada iracunda a Marcos y le dio un ultimátum.

—Solo le voy a advertir una vez, si vuelve a insultar a la señorita, no podrá usar la boca durante una semana.

—Libertad, ¿de dónde sacaste a este *hueón*?, ¿es el cuarto de este mes? Los cambias como si fueran calzones —Marcos ya no aguantaba la sangre fría y tranquilidad de ese hombre que le estaba resultando familiar pero no recordaba de dónde. Tenía que herirlos a como diera lugar, tenía que provocar a Libertad y a ese tarado que se las daba de superior. No importaba cómo, solo le interesaba arruinar a la pareja que tenía en frente.

—Da lo mismo que yo sea el cuarto de este mes, eso no le incumbe. Esto es entre Libertad y yo, y usted está fuera de lugar. Váyase, por favor, no queremos problemas de ningún tipo. —Sandro aguantaba estoicamente las ganas de noquear a Marcos, lo tenía harto, pero no iba a caer en el juego de ese patán.

Marcos vio a ese hombre determinado a no armar un escándalo. Se le acababan las municiones, ese hombre era impenetrable a sus ataques.

Marcos estaba desesperado, estaba perdiendo el control. Libertad era de su propiedad y de nadie más. Ningún otro hombre la tendría como él la tuvo, y hasta el momento lo había logrado. Ella no sería feliz como lo fue con él, de eso estaba seguro. Optó por la retirada, no sin antes, enviar su último dardo cargado con toda la ponzoña que tenía en el alma.

—Ya volverás a *culear* conmigo, Libertad. Siempre lo harás, te lo doy firmado. —Marcos se dio media vuelta y se fue.

Ambos quedaron en silencio, solo se escuchaba el tráfico de automóviles a lo lejos. Pasó un minuto eternamente largo, mientras veían como la silueta de Marcos se alejaba impasible y doblaba en la esquina.

—Yo… no, no quería que esto pasara, ¡qué vergüenza! Lo siento tanto, Sandro. —Libertad se sentía en shock, incapaz de poder moverse, y no sabía cómo salir de ese callejón sin salida que representaba Marcos.

—No tienes que disculparte de nada, Libertad —aseguró con convicción—. Ese hombre no me gusta, es peligroso para ti. Tienes que cambiarte de casa.

—¡No puedo salir de aquí, Sandro! ¿Qué quieres que haga? Tengo que vivir mi vida y seguir sin que esto me gobierne. Marcos no debe ser motivo para que me vaya, tiene que ser por mi voluntad. Cuando sea el momento me iré. Pero no será ni hoy, ni mañana.

Sandro vio en Libertad a una mujer valiente, pero tremendamente terca, orgullosa, y no sabía cómo lidiar con los sentimientos que le estaba provocando. Solo quería que ella estuviera bien, que no estuviera Marcos amargándole el pepino por todo. El tipo era un agresor psicológico en toda regla.

—¿Estarás bien? ¿Quieres que me quede otro rato contigo? —Sandro no hallaba qué hacer, se sentía totalmente inútil e impotente, y odiaba esos sentimientos.

Libertad ya estaba recuperándose del mal rato, solo quería estar sola y pensar. Marcos y Sandro le dieron motivos para hacerlo, sintió que algo se gatilló en su fuero interno, estaba inquieta y necesitaba encontrar respuestas.

—Estoy bien, no te preocupes, Sandro. —Suspiró cansada—. Buenas noches… te llamaré si pasa algo. Tengo tu número.

Ella sabía que nada pasaría, conocía a Marcos, solía montar un espectáculo y luego desaparecía hasta que veía a algún hombre cerca de ella, y ningúno aguantaba mucho tiempo después de las salidas de madre de Marcos.

—Te llamaré en la semana —dijo Sandro a modo de despedida.

Vio como Libertad entraba en su casa, y luego él se fue. Caminó lentamente, pensando, ordenando lo que sentía, y todo se volvió un caos. No comprendía la actitud de Marcos, estaba fuera de todo sentido común. Podía entender en cierto modo a Libertad, él también muchas veces se sintió como si no tuviera salida a sus problemas.

Le gustaba mucho ella, más de lo que su sano juicio le permitía para lo poco que la conocía. Era una sensación visceral, salía desde el fondo de sus entrañas, y por eso mismo, quería darle algo de racionalidad a todo para poder manejar mejor la situación. Siguió divagando hasta que llegó a su casa, estaba todo oscuro, y esa noche, su hogar se sentía más vacío de lo habitual.

Libertad pasó como alma en pena por el living, sus padres estaban viendo televisión, no se perdían ni un capítulo del *reality* que estaba de moda.

—Hola, mamá, hola, papá… —Sin disimular su cansancio y su pesadumbre, saludó Libertad.

—Hola, hija ¿de dónde vienes? —preguntó Roberto, el padre de Libertad.

—Salí con un amigo —respondió lacónica.

—Te andaba buscando Marcos hace un rato —comentó Isabel, la mamá de Libertad sin dejar de ver la televisión.

—Sí, me lo topé en la puerta… Esta vez se pasó de la raya. Mamá, papá, si viene de nuevo no le digan nada de mí, no quiero saber nada más de él. De verdad, eso va sobre todo para ti, mamá, que eres uña y mugre con la mamá de él. Me insultó y me montó otro numerito afuera. Se le están arrancando los enanitos *pa'l* el bosque… ese hombre está completamente loco. No sé para qué me busca si tiene su *mina*… —Eso último lo dijo más para sí misma que para sus padres, y suspiró profunda y pesadamente—. En fin, estoy cansada, mejor me voy a mi dormitorio.

—Ya, hija, no te preocupes si no es para tanto, aunque te reconozco que ese niñito también me está sacando los choros del canasto, me tiene harta, viene todo el tiempo para saber de ti, no sé para qué diablos tiene una *polola* si anda a la cola tuya —dijo la mamá de Libertad llegando a la misma conclusión que su hija.

—Sí, por eso mismo no tiene por qué meterse en mis cosas, mamá. Ahora sí, me voy a la cama, buenas noches a los dos.

—Buenas noches, hija —se despidieron sus padres al unísono.

Libertad se acostó en su cama y se cubrió los ojos con el antebrazo. Estaba agotada, la tarde que pasó con Sandro fue casi perfecta. ¡Ay le gustaba mucho el condenado! ¿Qué hubiera pasado si Marcos no se hubiera aparecido?, ¿cómo sería besar a Sandro?

Dentro de la cabeza de Libertad empezaron a relucir muchas cosas que no había visto antes, por ejemplo, la constante presencia tóxica de Marcos y de cómo boicoteaba cada uno de sus intentos de tener una relación estable con otra persona. Cada uno de ellos se iba en cuanto se daban cuenta de que Marcos estaba siempre ahí, como un fantasma recordándoles siempre que él estuvo ahí primero, y que Libertad nunca lo dejaría del todo.

Marcos siempre era la tónica de las primeras discusiones que tenía cuando iniciaba una relación y eran lo que finalmente gatillaban las separaciones anes de llegar a algo más formal. Maldijo la hora en que conoció a Marcos Silva, pero ya no se podía hacer nada más con ello. Definitivamente tenía que irse de ahí, algún día.

Libertad se quedó dormida pensando en Sandro y en qué ocurriría si se hacía el milagro y resultaba que él no era de los que escapaban.

Sería lindo que él la llamara una vez más.

Capítulo 7

Libertad sentía una mano grande y firme que le acariciaba los muslos. El toque era seguro, sensual. Luego sintió que otra mano se unía a la caricia y que ambas serpenteaban hacia sus nalgas y las apretaban posesivamente.

—Mía, eres mía.

La voz susurrante de Sandro se deslizaba grave y profunda, recorriendo todos sus sentidos. Libertad sentía que su torrente sanguíneo se levantaba como un tsunami. Quería más, y como si Sandro le estuviera leyendo la mente comenzó a acariciar sus pechos, sus palmas rozaban sus pezones erectos con un toque tan suave que le daban excitantes escalofríos y le ponían la piel de gallina. Con la mano derecha abierta comenzó a descender lánguidamente, acariciando el vientre y el monte de Venus, dejando su piel en llamas por su paso.

—Ábrete para mí, Libertad —susurró y succionó el lóbulo de su oído.

Libertad gimió y abrió sus piernas perezosamente, Sandro deslizó lentamente un dedo en su interior.

—Creo que estás lista para mí, solo para mí.

El sonido estridente del celular de Libertad comenzó a sonar sin parar a lo lejos. Sentía que algo la atrapaba y la alejaba de Sandro, y ese maldito trasto, lejos de dejar de sonar lo hacía más fuerte, y no encontraba esa cosa por ninguna parte.

¡Maldición!

Libertad se despertó agitada y enojada. Era un sueño. Un húmedo y demasiado real sueño. Se sentía alborotada y muy excitada. Debía dejar de leer por un tiempo sus novelas eróticas, pensó, y el celular que la despertó, había dejado de sonar. En ese momento recordó que ni siquiera había puesto la alarma para levantarse, era su día libre. Buscó el móvil y cuando lo encontró vio que tenía una llamada perdida de Marcos. Ella antes siempre contestaba o devolvía un llamado. Ahora, simplemente ya no quería saber nada de la existencia de él, y se sintió bien por ello, extrañamente bien.

Le hubiera gustado que la llamada perdida hubiera sido de Sandro, pero ella sabía que cualquier hombre en sus cabales no seguiría insistiendo con ella, y estaba segura que él no la llamaría, pues todos decían lo mismo, un «te llamaré esta semana» antes de bloquear su número y eliminarla de Facebook y cualquier otra red social. Ella era un lastre mientras permitiera que Marcos se metiera en todo. Y ahora ya no quería nada de eso. Desde ese mismo instante iba a ir en serio, nunca más iba a permitir entrar en el juego de Marcos, él nunca más volvería a ser un factor determinante en su vida, en ningún aspecto.

Con esa decisión Libertad salió temprano de su casa a caminar, eran las nueve de la mañana, le gustaba sentir el aroma primaveral del ambiente, la relajaba. Cuando no llevaba ni cinco pasos fuera de su casa, sintió la vibración de su celular. Inmediatamente pensó en que Marcos insistía en comunicarse con ella. No quiso contestar, dejó que vibrara.

Nuevamente volvió a vibrar el móvil, Libertad miró hacia el cielo, buscando paciencia, sacó de su bolsillo el aparato que la estaba trastornando, y miró quien llamaba.

Sandro.

Sorprendida, muy sorprendida, Libertad deslizó su dedo por la pantalla.

—Hola, Libertad, soy Sandro.

—Hola, Sandro, ¿cómo estás?

—Bien, gracias… Anoche me quedé preocupado, ¿estás bien?, ¿no pasó nada malo después de que me fui?

—Sí… sí estoy bien. Gracias por preguntar… Lo de anoche fue… revelador.

—¿Revelador?, ¿en el buen sentido o en el mal sentido de la palabra? —preguntó curioso.

—Mmmmmm, diría que en el buen sentido.

—¿Qué haces ahora?

—Caminando, pensando —contestó con una sonrisa dibujada en sus labios, estaba contenta por su inesperado llamado.

—¿Desayunaste?

—Noop.

—No es bueno pensar con el estómago vacío. Ven a mi casa, te invito un «desayuno Larenas» —ofreció sin pensar, solo quería verla, asegurarse de que ella estaba bien.

—Suena súper, estoy allá en diez minutos.

Sandro estaba regando el jardín de su casa mientras esperaba a Libertad, esos diez minutos se convirtieron en «diez-malditos-largos-minutos». Así que para no caer en la desesperación, mató el tiempo regando su hermoso jardín lleno de rosales, de todos los colores imaginables. El olor a rosas y tierra mojada relajaba a Sandro. Era mejor que la nicotina que a veces echaba de menos. Cuando Libertad llegó, la saludó haciendo un gesto con la mano. Ella apuró el paso y abrió el portón. Se besaron en la mejilla, a Libertad no le pasó desapercibido el gesto de Sandro de acunarle suavemente el lado opuesto de su rostro con su mano al momento de besarla.

—Las señoritas primero, entra por favor.

Libertad entró a la casa, y ya estaba la mesa del comedor lista para el desayuno. Un muy, muy buen desayuno compuesto por pan *marraqueta* fresco y crujiente, queso Philadelphia, palta molida, jamón Praga y jugo de naranja.

—Toma asiento, Libertad, ¿quieres té, café *espresso*, *cappuccino* o *latte*?

—Sí que son profesionales tus desayunos, un *cappuccino* estaría bien.

—Dame un par de minutos.

Sandro desapareció del campo visual de Libertad y comenzaron a salir ruidos extraños desde de lo que se suponía era la cocina. El aire fue invadido por el aroma del café de grano. Al cabo de unos minutos Sandro estaba de vuelta con dos tazas de café *cappuccino*. Le dejó la taza humeante frente a Libertad y luego se sentó en su sitio en la mesa.

Libertad echó dos cubos de azúcar rubia a su café, revolvió y lo probó.

—¡Que delicia! no me digas que tienes en tu cocina uno de esos tremendos armatostes para preparar café que hay en el Colonia.

—No, para nada, es una máquina pequeña, pero es barista y cumple su función, es una maravilla. El problema de que me llevaran al café Colonia todos los sábados, es que te haces adicto al café de grano y después no soportas el instantáneo. Así que hace un tiempo me compré una buena cafetera para tener mi ración diaria de cafeína de calidad. Y me ahorro miles de pesos de café de máquina.

—Muy bien pensado. No me extraña viniendo de ti. —Libertad probó otro poco, estaba a una perfecta temperatura para tomar y sentir el sabor tostado y algo afrutado—. Está delicioso este café.

—Es Illy, el mejor que puedes encontrar sin que sientas que al comprarlo te están haciendo un robo a mano armada. —Sandro también sorbió su taza, disfrutando su café.

Comenzaron a comer el rico desayuno, a Libertad la curiosidad la estaba carcomiendo, ¿por qué la llamó?, ¿acaso Sandro era valiente o simplemente estaba loco? Le dio una mordida al pan *marraqueta*, el cual crujió sonoramente, saboreó la miga blanda y esponjosa mezclada con el queso Philadelphia. Tragó aquel glorioso bocado y decidió iniciar la conversación seria.

—¿Y qué opinas del *show* de anoche protagonizado por «la reina del drama»?

—¿Marcos? —interrogó Sandro levantando una ceja.

—Ajá —contestó y luego tomó un poco de café.

—Él no me interesa. Pero te confieso que estuvo a punto de colmarme la paciencia. Si lo hubiera hecho, en estos momentos estaría desayunando suero en un hospital —aseveró convencido—. Lo que de verdad me interesa es saber es cómo estás tú. Asumo que no es la primera vez que hace esto, ¿o me equivoco?

—No, no es la primera vez. Lo hace cada vez que estoy cerca de un hombre que parece ser de mi interés.

—Ahhhhh, entonces marca territorio. ¿Y terminaron hace más de un año? ¿No se supone que deberían haberlo superado?

Silencio. Libertad no quería contestar a la pregunta, conocía perfectamente la respuesta. Sentía vergüenza de sí misma, de su ceguera, de saber que ella misma era la culpable en parte de todo lo que sucedía.

—El silencio otorga... supongo que ambos no lo han superado. —Sandro al terminar la oración sintió la punzada de los celos y pesar, pero su cara no revelaba nada, tenía que saber más, conocer más el terreno donde estaba parado. No podía dejarse llevar con la primera sensación.

—Eso era antes —aclaró Libertad con seguridad—. Yo ya no puedo seguir permitiendo que interfiera en mi vida cada vez que se le antoje, él tiene su mujer. Además estos últimos días han sido esclarecedores.

—¿Esclarecedores?, ¿cómo? —preguntó Sandro intrigado

—Hasta ayer justamente... Yo estaba como pegada en lo que tuve con Marcos de manera inconsciente. Ahora me doy cuenta que no lo había olvidado del todo, pero varias cosas me han abierto los ojos. Ya no soy la misma, he cambiado, últimamente todo ha sido bastante intenso.

—¿Y me puedes contar qué fueron esas cosas?

Libertad estaba dudosa de detallarle aún más sus motivos ya que la mayoría tenían que ver con Sandro y tenía que digerirlo un poco más, fue demasiado en muy poco tiempo. No quería estar tan expuesta con él. Le gustaba mucho, tanto así que estaba a punto de cruzar la delgada línea entre el «me gusta este hombre» y «estoy babosa por este hombre», pero todavía no quería entregar su corazón en bandeja de plata.

—Algún día te los diré… todavía estoy procesando todo.

Sandro solo quería saber si él tenía algo que ver con el cambio de Libertad. Su instinto le decía que sí, pero prefería confirmar sus sospechas con alguna prueba tajante. No estaba tan seguro de que él le gustara a Libertad, no estaba acostumbrado a tratar con criaturas coquetas, y Libertad lo era todo el tiempo. Quería ser cauto y no quedar en ridículo. La noche anterior tenía todas las intenciones de besarla, pero todo fue producto de la excelente cita que tuvieron, que fue arruinada desastrosamente por el imbécil de Marcos. Ahora a la luz de la mañana, las cosas eran diferentes.

—Bien, no insistiré, de momento. Recuerda que trabajo para descubrir los secretos de las personas.

—De eso estoy muy consiente, Sherlock, a propósito de ello, ¿cómo entraste a la PDI si tienes un hermano narco?

—No sé si Ángel ha tenido suerte, o ha sido en extremo inteligente, pero no tiene antecedentes, está limpio. No lo han pillado ni siquiera robando un chocolate en un supermercado. Gracias a ello, tengo antecedentes familiares intachables y pude entrar.

—¡No te puedo creer! Pero si es tan famoso.

—Aquí es famoso, pero muy pocos lo conocen personalmente, nunca le han puesto el dedo encima, es casi una leyenda urbana.

—Yo veo que tienes un conflicto de ética, ¿no lo has denunciado?

—Por supuesto, pero yo no puedo entrar en la investigación por el parentesco, y el muy zorro nunca ha sido ante la ley sospechoso de nada.

—Bueno en eso se parecen, los dos tienen trabajos en los que nadie sabe nada de nada. Ambos son un misterio.

—¡No nos parecemos en nada! —exclamó Sandro en un tono furioso pero contenido. Libertad se quedó en silencio, incómoda por haber metido la pata hasta el fondo sin mala intención, pero cómo iba a saber que él iba a reaccionar de esa manera. Era evidente que el tema familiar era algo difícil de tratar con Sandro.

—Lo siento —musitó, fue lo único que pudo salir de la boca de Libertad, y todo quedo nuevamente en silencio.

—Permiso, voy y vuelvo. —Sandro se levantó de la silla y fue al baño. Quería respirar y encontrar la compostura perdida, era un poco complicado encontrarla en el baño, pero era el único lugar frío donde podía mojarse la cara y bajar sus revoluciones.

Libertad no hallaba dónde meterse. Le dieron ganas de irse en ese mismo momento, pero estaba pegada a la silla, quería saber más, ver si Sandro se abría un poco más con ese tema que lo carcomía por dentro.

Se quedó mirando a su alrededor, no conocía esa parte de la casa ahora que lo pensaba, y quería distraerse un poco de la tensión que había en el ambiente. En los muros se veían algunas fotos familiares y de la época de escolar de Sandro, la tónica de esas fotos era que él siempre iba vestido con algún traje típico de folclore chileno, huaso, diablo nortino, chilote, pascuense… ¡Pascuense! A Libertad le encantaba cómo bailan los hombres en la Isla de Pascua, y no se le hubiera cruzado por la cabeza ver a Sandro moviéndose en un baile implícitamente sexual.

Sandro volvió al comedor más repuesto y vio a Libertad observando sus fotografías con una mirada que no supo identificar.

—Ahhhh... así que ya viste mi «hall de la fama». Olvidé que estaba aquí. No suelo traer visitas para que vean mi muro de los lamentos de la vergüenza escolar. —Sandro sonreía tímidamente, el tono de su voz indicaba que a pesar de todo, esas fotos le traían buenos recuerdos—. Perdona mi salida de madre de hace unos minutos. Hay cosas que son difíciles de exteriorizar para mí.

—Ya me di cuenta, estás perdonado —dijo sin dejar de mirar las imágenes colgadas en la pared—. Todos tenemos temas complicados con los que lidiar... En estas fotos... te veías adorable, no es vergonzoso.

—Tú no tenías que bailar medio desnudo en frente de todo el colegio, así que no sabes nada sobre la vergüenza —bromeó Sandro ya más relajado, y de mucho mejor humor.

—Ay, Sandro, no es para tanto, en las fotos te ves feliz y sonriente. —Libertad sonrió y miró directamente a los ojos a Sandro.

—Mi yo interior no estaba tan feliz en ese momento.

Para Libertad era extraño conocer a un hombre como Sandro, tan seguro de sí mismo en algunas ocasiones, y en otras, tan sensible con los temas familiares. Era un hombre hecho y derecho, pero había algo que no le cuadraba, todo iba a encajar algún día si se daban la oportunidad de conocerse más.

—¿Qué vas a hacer el próximo fin de semana, Libertad?

—De momento nada, no programo mucho mis salidas, es más bien todo improvisado.

—Entonces, si quieres podemos salir a alguna parte. En la semana te llamo y nos ponemos de acuerdo.

—Me encantaría, no hay problema... —aceptó contenta, pero rápidamente la duda surgió—, ¿estás seguro?... Digo, ¿de verdad no te interesa que Marcos no se ponga imbécil? Tiene un radar para llegar justo en el momento en que estoy acompañada.

—Ya te lo dije, él no me interesa, y espero que a ti no te importe más. Soy un hombre que no escapa al primer problema que se le pone por delante.

—Bueno si lo dices de esa manera, entonces salgamos el próximo fin de semana.

—¿Tenemos un trato entonces? —Sandro extendió su mano para cerrar el acuerdo.

—¡Hecho! —Libertad respondió al gesto con seguridad y selló su destino con un firme apretón.

Capítulo 8

Libertad llegó muy contenta a su casa después de su desayuno con Sandro. Estaba con un montón de emociones diferentes brotando en su corazón. Se sentía libre del lazo enfermizo que la unía a Marcos, y la mataban las ganas de develar más de lo que formaba la personalidad de Sandro. Estaba siendo un poco más complicado de lo que esperaba, sin embargo, se dio cuenta de ella no se tomaba mucho la molestia en conocer profundamente un hombre. Sandro tenía muchos matices y realmente le intrigaba y gustaba su manera de ser.

Entró a su dormitorio y revisó su celular, tenía unos mensajes de sus amigas que aún no había leído. Echaba de menos sus consejos así que se animó a conversar con ellas.

Caro: ¿Alguien ha sabido algo de la Liber?
Paloma: Anda desaparecida, ¿alguien la ha llamado?
Denisse: Yo, pero suena fuera de cobertura.

Ese era el último mensaje, había sido enviado unos minutos antes. Sus amigas siempre se pasaban las peores películas cuando ella no contestaba.

Libertad: Acá estoy… sorry por mi desaparición de una semana.
Caro: Más de una semana. ¿Qué te pasó? ¿Tienes los dedos quebrados que no escribes nada?
Denisse: Qué ingrata, esta niñita anda ocultando algo, anda muy calladita.
Gretel: Seeeeeh… Echa afuera, Liber.

Libertad: *Ha sido una semana… intensa.*

Caro: *Ohhhhhh… ¿cómo se llama él?*

Libertad: *¿Por qué creen que hablo de un hombre?*

Denisse: *Cuando dices la palabra intenso, es porque siempre se trata de un hombre.*

Libertad: *Jajajajaja, bueno sí y no.*

Paloma: *Ay cómo juega a la señorita misteriosa. ¿Y cómo es él?, ¿en qué lugar se enamoró de ti?, ¿de dónde es?, ¿a qué dedica el tiempo libre? ¡¡¡¡Pregúntaleeeee!!!!*

Libertad: *Jajajajajaj la Palo… Les voy a contar desde el principio. El lunes pasado tuve un pequeño accidente en la micro. Me dormí, el chofer dio un frenazo, y me di un golpe en la cabeza.*

Grettel: *¡¡Chuuuuu!!*

Libertad: *No fue grave, pero un hombre me preguntó que cómo estaba porque vio que me pegué fuerte.*

Paloma: *Yaaaa, ¿y cómo era?*

Libertad: *En la escaneada rápida que le di en ese momento lo encontré buen mozo… No, mentira estaba más bueno que Josh Duhamel. Como sea, me bajé de la micro y me fui a la pega. Cuando salí de noche, al entrar a la villa me asaltaron.*

Caro: *¿¿¿Queeé????*

Grettel: *¿¿¿Queeeeeeeeeeeeeé????*

Paloma: *¿¿¿Queeeé????*

Denisse: *¿¿¿Queeeé??? ¡¡Noooooo!! ¡Qué eres salada, Liber!*

Libertad: *Me querían quitar la mochila entre dos zombies. Me pegaron en la cabeza y quedé inconsciente, lo último que vi fue a otro hombre zamarreando a uno de los asaltantes y me fui a negro.*

Caro: *Nooooooooooooo.*

Libertad: *Cuando desperté estaba acostada en una cama… En la cama del tipo de la micro.*

Paloma: *Noooooooooooooooooooooo… ¿en serio?, ¿el tipo buenorro?*

Libertad: *¡Síííí! Recuperó mis cosas, me curó la herida y me atendió, es muy caballero él. Me llevó al consultorio* *para que me viera una enfermera, y todo el mundo lo cono-cía. Todos menos yo.*

Denisse: *Parece ficción lo que te paso, qué coinciden-cia. No será un psicópata acosador. ¿Cómo tanto?*

Libertad: *Noooo nada que ver, vivimos casi en el mis-mo barrio. La cosa es que él es un tipo de persona diferente a cualquiera que haya conocido antes.*

Paloma: *Uuuuy a Liber le gusta el lolito, ¿y cómo se llama?*

Libertad: *Sandro.*

Caro: *¿Cómo el cantante argentino?, y se le parece.*

Libertad: *Noooooo, en realidad tiene un atractivo atí-pico, su cara es normal pero tiene rasgos que lo hacen dife-rente, no sabría cómo explicarlo. Cuento corto, lo invité a un café, y él no quiso que lo invitara y me invito él. Lo pasamos de maravilla. Nunca lo había pasado tan bien.*

Denisse: *¿Qué tanta maravilla fue? ¿Comiste algo de ese pastelito?*

Libertad: *Nop, ni siquiera un beso… fue casi, casi, hasta que nos vio el hueón del Marcos a la entrada de mi casa y me armó show.*

Paloma: *Quinientas veces te hemos dicho que salgas de ahí, pero eres terca como una mula… ¿y es de fiar Sandro? ¿Todavía no arranca después del numerito de Marcos?*

Libertad: *Es la persona más noble que he conocido en mi vida, es un hombre respetuoso e íntegro. No le interesa lo que haga o deje de hacer Marcos. Hoy me llamó para saber cómo estaba y me invitó un desayuno.*

Grettel: *Le dio fuerte a la Liber…*

Libertad: *No pasa nada, somos amigos. Igual me gusta pero tiene sus rollos familiares, se nota que tiene temas pen-dientes con eso.*

Denisse: *Yo creo que no le gusta… yo creo que le en-canta jojojojojo ¿Pero no es del tipo sicópata degenerado, o no?, ¿estás completamente segura?*

Libertad: *Estoy segura, no creo que sea sicópata de-generado, es más el rollo con su hermano. El fin de semana vamos a salir de nuevo.*

Caro: *¿Quién invitó, él o tú?*

Libertad: *Él invitó.*

Paloma: *¡Mish! Está interesado el lolito, parece que le gustas.*

Libertad: *Puede ser, no me ha dicho nada de manera directa, solo el «casi beso», y después del show del pelotudo de Marcos, no ha intentado nada más.*

Caro: *Parece que el cabro es más lento nomás, es un buen augurio de que no es un eyaculador precoz ¡jojojojojo!*

Libertad: *ja-ja ¡pesada!*

Caro: *¿Eso sería fatal, no? Mira si te gusta, inténtalo nomas, total, todos tenemos atados con algún familiar, no será el primero ni el último.*

Libertad: *Tienes razón, Caro. Ya veremos cómo resultan las cosas cuando salgamos. Ya, las dejo, cualquier cosa importante me reporto.*

Denisse: *Se lo va a comer con papas fritas a la próxima.*

Paloma: *Seeeeh esos huevitos quieren sal.*

Libertad: *¡Aún las estoy leyendo!, ¡habladoras!*

Paloma: *¡jajajajajajaja!*

Johana: *¡¿Por qué siempre llego tarde para los chismes?!... Liber, ten un orgasmo por mí con ese buenorro.*

Libertad se rio de sus amigas, se juntan muy pocas veces, pero hablan todo el tiempo por *WhatsApp*. Ellas conocen casi todos sus secretos y la descubren de inmediato cuando trata de ocultar algo, brujas deben ser porque siempre atinan en el blanco.

Dejó su móvil en el velador y se acostó un rato, se preguntó qué planes tendría en mente Sandro, qué cosas nuevas descubriría de él. Libertad se sentía diferente con él, como si quisiera mostrarse tal como era, para que Sandro confiara en ella y le contara sus cosas. Quería ser su amiga y aquello la sorprendió, nunca había pensado en ser amiga de alguien que le gustara mucho, y eso era nuevo para ella. Siempre había sido pareja, amante o como quieran llamarle, pero no se sentía amiga y cómplice de su compañero.

Sandro, sin querer, la estaba llevando por terrenos totalmente desconocidos y Libertad no tenía reparos en avanzar por ellos hasta el final.

Capítulo 9

Pasaron los días lentamente y el tiempo se volvía más y más caluroso. Noviembre es un mes en el que se empieza a ver más piel. Por todos lados la gente riega sus jardines en las tardes y el ambiente se impregna con el olor de la tierra mojada, de las flores y el césped recién cortado. Libertad amaba esa época del año, la plenitud de la primavera.

Marcos la llamó durante toda la maldita semana, Libertad finalmente se hartó de su acoso y bloqueó su número. No le interesaba nada de él. Qué hermoso era no sentir esa subyugación, que realmente no le importara nada de él. Bendita sea la ignorancia.

Lo único malo que empañaba su buen ánimo era que Sandro apenas daba señales de vida, de repente mandaba uno que otro mensaje preguntando cómo estaba ella, pero de la cita que iban a tener el día sábado, nada de nada. Ya era viernes, lo cual ya tenía un tanto desanimada a Libertad. Sandro ocupaba sus pensamientos más veces de las que hubiera querido, pero bueno, a veces la razón dice una cosa y el corazón otra totalmente opuesta.

Esa semana fue particularmente intensa para Sandro, estaban terminando un caso que tomó dos años de investigación y el fiscal los estaba presionando más allá de sus capacidades humanas. Llegaba tarde a casa, y pensaba siempre en Libertad, pero para cuando quería hablar por teléfono con ella, había algo que lo impedía. Esa tarde al fin pudo disponer de su tiempo para respirar, y la llamó.

Libertad vio su nombre, la estaba llamando, sintió una gran alegría, pero para castigarlo un poco contestó al sexto tono.

—Buenas tardes, señorita —saludó con voz grave, que para Libertad, se le hacía más seductor cada vez que lo escuchaba.

—Hola, Sandro. ¿Cómo estás? —contestó con el tono más natural que le permitieron los nervios.

—Bien… te quería pedir disculpas por no llamarte antes. Han sido días realmente ocupados —excusó, no quería que ella pensara mal de él—. Demasiados para mi gusto, ahora recién estoy almorzando algo.

—¡Pero si son las cinco de la tarde! ¡Es un sacrilegio almorzar a esta hora!

—Lo sé, he pasado de largo toda la semana, ¿y tú como estás?

—Bien, al parecer no tan ocupada como tú, pero bueno, así es la vida de los que trabajamos en el rubro de la alimentación, no salvamos el mundo precisamente.

—Habrías salvado mi mundo con comida decente. Me tienen harto los sándwich de miga —rezongó mirando el insípido sándwich de fabricación industrial, «ni siquiera es casero», pensó asqueado.

—Hubieras llamado antes. Con mucho gusto te habría llevado cazuela, porotos con riendas o lomo saltado. Era cosa de que me lo pidieras.

—Eres mala, ahora lo que estoy comiendo me sabe a bosta de caballo. Me vas a tener que preparar uno de esos platos algún día. —Sonrió ante la idea de que ella le cocinara algo rico.

—Cuando quieras, después me cobras la palabra.

—Sí que lo haré… Pasando a otro tema, quería saber si aún estas disponible para que salgamos mañana.

—Déjame revisar mi agenda. Mmmmm, estoy entre tú y Gabriel. —Libertad soltó una risita coqueta.

—¿Gabriel?

Libertad soltó una carcajada, Sandro mordió el anzuelo como trucha hambrienta.

—No eres competencia para él, es perfecto, pero lo único malo que tiene es que solo existe en papel.

—¿Cómo dices? —preguntó desconcertado

—Es el protagonista del libro que estoy leyendo —aclaró riendo.

Sandro miró el teléfono con incredulidad de lo que estaba oyendo, se preguntó qué tan en serio hablaba Libertad.

—Mañana no tengo planes así que podremos salir, ¿qué tienes en mente?

—Vamos a bailar, pero tengo que pedirte un favor.

—¿Y cuál sería?

—Que uses vestido.

—¿Vestido? ¿Tienes algún fetiche con esa prenda? También me veo bien con pantalones.

—Lo sé, pero no iremos a una disco propiamente tal, es diferente.

—Ok, solo por ti y no echar a perder tu plan —accedió intrigada por su solicitud.

—Gracias, mañana te paso a buscar a las nueve de la noche.

—Nos vemos mañana. Cuídate.

—Tú también… hasta mañana.

Libertad se llenó de preguntas y expectativas. Por lo que deducía, Sandro se defendía bailando. Cualquiera que tenga un «hall de la fama», por sus actuaciones escolares debía tener algún talento para la danza. Ahora el tema era que no iban a ir a una disco, hay muchos lugares para elegir. Libertad terminó su día y aún no podía adivinar a donde la llevaría él.

Sandro tocó el timbre de la casa de Libertad a las nueve de la noche en punto. El padre de ella abrió la puerta e invitó a Sandro a entrar y llamó a su hija para que hiciera acto de presencia.

—¿Quieres algo para tomar?, un cortito mientras mi hija termina de estucarse la cara —ofreció el padre de Libertad a Sandro, mientras le indicaba una silla donde sentarse a esperar.

—No, nada, señor Ávalos. Hoy voy a conducir y no puedo beber, otro día aceptaré su ofrecimiento.

—Me parece excelente, los *cabros* de ahora se toman hasta la molestia. Está bien que te cuides y cuides a mi hija, y no me digas señor Ávalos. Llámame Roberto.

—Gracias, don Roberto…

Se hizo un silencio incómodo durante unos minutos, solo sonaba el televisor de fondo. Don Roberto, quería sonsacarle algo al joven que tenía delante, el cual no era muy comunicativo.

—Y ¿en qué trabajas? Porque supongo que lo haces.

—Sí, don Roberto, sí trabajo… —dejó la oración en el aire, no iba a contarle de buenas a primeras que era detective.

—¿En dónde? —interrogó para que el joven se explayara.

—¡Hola, Sandro! —Libertad interrumpió justo a tiempo y evitó que él tuviera que dar más información, que de momento no era prudente revelar.

Sandro se quedó pasmado con la visión de Libertad, llevaba puesto un sobrio vestido negro que le llegaba a las rodillas. No era nada del otro mundo, pero se veía exuberante gracias a las generosas curvas de Libertad.

Preciosa, fue la primera palabra que se le vino a la mente, pero no pudo articular ninguna, estaba mudo.

—¿Estás bien?

Sandro al escuchar a Libertad salió de su momentáneo estado catatónico y al fin pudieron salir palabras de su boca.

—Perdón… hola, te ves preciosa… ¿Cómo estás?

—¿Bien y tú?—contestó ella con una sonrisa.

—Bien… con mucho, mucho trabajo, pero bien al fin y al cabo.

—¿Vamos? Mi viejo no te está interrogando, ¿o no?— Libertad dio una mirada acusadora a don Roberto que sonreía al ver la reacción de Sandro.

—¿Cómo que interrogando? Eso déjaselo a los de la PDI, hija. Soy inocente de lo que me acusas.

Libertad se tragó la risa y conminó a Sandro a levantarse del sofá, quien estaba pegado con adhesivo industrial al asiento y no se movía.

—Vamos, Sandro, antes que me haga vieja.

Finalmente él se levantó después de unos segundos. Se despidió del padre de Libertad y salieron a la calle. Sandro sacó un llavero de su bolsillo y desactivó la alarma de su auto.

—Miren lo que tenemos acá, ¿es tuyo?

—Sí, pero lo uso poco, solo para casos especiales como este. Para el trabajo prefiero la locomoción colectiva.

—Entonces no sacas nunca al pobre. Está precioso, y muy bien cuidado.

—Ehhhh, lo ocupo… a veces. Pero en este momento no recuerdo la última vez que lo usé. Asumo que te gustan los autos.

Libertad se rio y pensó, «no sabes cuánto». Sandro le abrió la puerta para que subiera al Citroën C3 azul, ella sonreía sola, estaba nerviosa y contenta. Libertad se sentía llena de energía para lo que se venía.

—Satisface mi curiosidad —dijo ella cuando Sandro subió al auto y encendió el motor—. ¿A dónde vamos?

—Bellavista —respondió conciso.

—¿Solo me dirás eso? —preguntó sorprendida.

—Solo te diré eso —replicó Sandro con tono misterioso.

—¿Qué vamos a bailar que tengo que usar vestido?

—Mmmmmm… probablemente te va a sorprender.

—Viniendo de ti así será. Siempre me sorprendes.

—Estaremos ahí para ver el ambiente y luego decidiremos. Todo dependerá de ti, si es que te gusta.

—Me parece justo, no siempre las sorpresas son buenas, ¿cierto? ¿Te estas poniendo el parche antes de la herida?

—Digamos que no todo el mundo comparte mis gustos musicales.

—Ojalá no sea vals chilote, con eso te digo todo. Soy una persona flexible, pero tengo mis límites.

—Ya veremos qué tan flexible eres. —Sandro enarcó su ceja con una sonrisa, y Libertad babeó con el gesto.

Media hora después llegaron a Bellavista a un local llamado Maestra Vida. Entraron y para sorpresa de Libertad no había música ensordecedora, el ambiente era íntimo, y había hermosos murales pintados. En el escenario había una banda preparándose para tocar. No había demasiada gente y era variado el rango de edad de los parroquianos.

Sandro tomó la mano de Libertad, y buscó con la vista hasta encontrar un rincón desde donde se podía ver todo y a la vez podían tener algo de privacidad. Se sentaron, y se acercó un mesero. Libertad pidió un pisco sour y Sandro agua mineral, él miraba todo el lugar con atención. Tenía una corazonada de que alguien lo estaba viendo, pero no podía identificar a nadie conocido. A duras penas descartó esa sensación y se concentró en la hermosa mujer que tenía al frente, quien también observaba todo con avidez.

—¿Quiénes son los que tocarán hoy?

—Son de Valparaíso, se llaman Compañía Malonera de Boleros.

Libertad rió por lo original del nombre.

—Supongo que no tocan reggaetón —bromeó ella con ganas de que el grupo musical comenzara a tocar.

—Boleros, mambo, chachachá. Bailar bolero es mucho más elegante y seductor, que andarle «rayando la pintura» a tu pareja cuando bailas reggaetón. No me gusta que el baile sea tan explícito, prefiero algo más sutil.

—¿Y cantan boleros como Luis Miguel?

—Sí y no, son boleros pero no los interpretan con el mismo estilo de él. Son más tradicionales pero a la vez también son más actualizados.

Compañía Malonera comenzó a tocar los primeros compases y el aire se llenó al instante de romanticismo. Había algunas personas de pie, otras sentadas escuchando y otros bailando lenta e íntimamente. Todo era cálido y suave.

Sandro se levantó de su asiento e invitó a Libertad para que hiciera lo mismo.

—¿Quieres bailar? —preguntó él extendiendo su mano derecha hacia ella.

—No sé bailar esto —respondió Libertad un poco dudosa.

—No te preocupes, te enseñaré, es muy fácil —aseguró—. Yo te guiaré.

Libertad tomó la mano que él le ofrecía y se levantó, se acercaron de la mano hacia las parejas que bailaban. Sandro se situó frente a ella, tomó su mano izquierda y la dejó sobre su hombro, luego tomó la derecha y le indicó la posición clásica de bailes de salón. Sandro redujo la distancia entre ambos tomando la cintura de Libertad.

—Esto es lento —susurró Sandro a su oído—. Intenta seguir mis pasos.

Libertad tenía el corazón acelerado, por la cercanía entre ellos, casi podía sentir toda la longitud del cuerpo de Sandro, estaba nerviosa por la sensación del calor que emanaba él a través de su ropa.

Sandro comenzó a moverse lentamente, un paso adelante, luego uno al costado y uno atrás. Libertad lo seguía con un poco de imprecisión al principio, pero tal como él le dijo, era muy fácil llevar el ritmo y luego de un par de minutos ya estaban en perfecta sincronía. Sandro le susurraba instrucciones al oído con su voz

grave y la animaba a seguir bailando, giraban, se abra-
zaban sin perder el ritmo. Y así bailaron «Perfidia»,
«Contigo en la distancia», «Piel canela» y «El Reloj».

Ambos estaban con los sentidos a flor de piel, los
cinco centímetros que los separaban al principio ya no
existían. Sus cuerpos estaban rozándose suavemente y
sentían el movimiento de sus piernas. Sandro sentía el
pecho de Libertad pegado a su torso, y su mano libre
la acariciaba en cada movimiento, para quedar finalmente, anclada posesivamente en la parte baja de la
espalda de ella.

De pronto el mundo ya no existía, no eran más
que ellos dos, y todo desapareció. A lo lejos se oía la
música como un murmullo, y la voz de Sandro cantaba
suavemente…

> *No me platiques más*
> *lo que debió pasar*
> *antes de conocernos,*
> *sé que has tenido horas felices*
> *aun sin estar conmigo.*
>
> *No quiero ya saber*
> *que pudo suceder,*
> *en todos estos años*
> *que tú has vivido,*
> *con otras gentes*
> *lejos de mi cariño…*

Libertad sentía como si el cuerpo se le licuaba e
irradiaba calor, al escuchar la voz sensual de Sandro
cantándole tan íntimamente. Su corazón martilleaba a
un compás acelerado, amenazando con salirse de su
pecho.

Sandro estaba hechizado en ese momento, actua-
ba por instinto, cosa que no solía hacer. No estaba mi-
diendo consecuencias, ni calculando posibles reaccio-
nes. Solo hacia lo que sentía, y aquella canción decía,

lo que su razón se negaba en reconocer. Se separó un poco de Libertad para poder mirar sus ojos, y fue en ese preciso instante que se dio cuenta que podría estar viendo esos dos pozos esmeralda durante toda su vida.

En ese momento, Sandro se rindió incondicionalmente ante Libertad, entregándole su corazón sin esperar nada a cambio.

Sin darse cuenta, dejaron de bailar, Sandro soltó el cuerpo de Libertad y acunó su rostro entre sus manos, ya sabía lo suficiente, no necesitaba más. Su instinto le decía que ella era diferente, que valía la pena.

—¿Puedo besarte, Libertad? —pidió mirándola a los ojos.

—Sí —apenas respondió con un hilo de voz, no le salía más palabras producto de la anticipación.

Sandro acortó la distancia lentamente, quería saborear cada milésima de segundo de ese momento. Sintió el cálido aliento de Libertad acariciando sus labios y en su pecho notaba la respiración entrecortada de ella. Y ya no pudo aguantar más la tortura autoimpuesta, los últimos milímetros fueron reducidos a nada con un beso firme, seguro y sensual. Libertad abrió la boca para invitarlo a unirse a ella aún más, sus lenguas entraron en contacto con el fuego que los abrasaba y los consumía por completo. El beso se profundizó más y más; cada precioso segundo los hacia desear unir algo más que sus bocas.

Un deseo furioso y primario los invadió. La sangre corría caliente y veloz por sus venas. Sandro recorrió con sus manos el cuello de Libertad, con una caricia que necesitaba el contacto con la piel de ella. Su camino continuó lento y determinado por la piel desnuda de sus hombros, y Libertad se aferró al cuerpo de Sandro abrazándolo, sentía en sus manos cómo los músculos seguían el movimiento de su dueño, como si de una sinfonía se tratara. Sandro deslizó lentamente sus manos por la espalda de Libertad, dejando un rastro de piel erizada hasta llegar a la cintura, y se quedó en ese lugar, porque estaba completamente seguro de que si seguía más allá, perdería totalmente el control.

Con toda la fuerza de voluntad que no sabía que tenía para este tipo de situaciones, Sandro empezó a bajar lentamente la intensidad del beso, estaba ebrio de la excitación que lo estaba matando, pero no era el momento ni el lugar. Él podía esperar un poco más, en otra ocasión tendría la libertad de desatar todo eso que comenzó a acumularse de manera exponencial desde el instante en que empezó a besarla.

Libertad sentía que estaba soldada al cuerpo de él, estaba obnubilada, quería más. Nunca le había pasado algo así, no sabía por qué con Sandro todo le parecía diferente. Lentamente esa lujuria que casi arrasa con ambos se templó, pero no desapareció por completo. Aún respiraban agitados, el aire les faltaba.

Sandro abrazó a Libertad y quedaron frente con frente, recuperando el aliento.

—Libertad… estoy… sin palabras… no sé qué decir. ¿Qué me has hecho?

—Dejarte sin palabras es un milagro… ¿no es así?

Sandro sonrió, estaba pletórico de una sensación inefable, como si se hubiera desatado algo dentro de su pecho, algo que sentía en sus huesos, músculos, nervios y piel y no tenía explicación. Su mundo lógico, ordenado y bidimensional, de pronto fue víctima de un huracán llamado Libertad.

Ella sonreía y sentía que estaba en un plano absolutamente fuera del terrenal, había sido como arder sin quemarse, y ser libre en la prisión de los brazos de Sandro. Nunca nadie le había besado así, nunca nadie la hizo sentir así. Y el recuerdo de otros hombres y de otros besos, se esfumó por completo, porque en ese momento solo Sandro, en un solo beso le dio más que cualquier otro.

Aquello no se lo esperaban, ninguno de los dos, y sin embargo estaban felices porque… ni ellos mismos sabían realmente el porqué. No podían ponerle palabras, ¿qué era esto? Ninguno de los dos quería usar la palabra amor tan rápidamente, ambos tenían sus propios motivos para no apresurarse. Él necesitaba estructurar un poco el caos interior que provocó aquel incendiario beso, y ella no quería apurar nada, quería tomarse con un poco de calma esto, porque se sentía diferente y no quería equivocarse.

Al separarse de Libertad, Sandro sintió inmediatamente su falta, luchó para dominar el deseo que lo atraía a ella, se sentía como quinceañero, de hecho, ni siquiera a los quince se sintió así.

Libertad miraba fijamente al hombre que tenía en frente no podía quitarle los ojos de encima. No sabía cómo, pero en el fondo de su alma algo cambió y tuvo la esperanza de que lo que sentía se haría más fuerte, más pronto de lo que ella misma quisiera.

Capítulo 10

Después de aquel beso todo cambió para ambos. El mundo ya no era el mismo, todo se veía diferente. Siguieron disfrutando de la velada bailando. Se besaron, miraron y acariciaron. Era casi como descubrir un nuevo continente de emociones. Ambos ya tenían su recorrido por la vida, pero el conocerse hizo temblar los cimientos en los que estaban construidas sus existencias.

A la una de la madrugada terminó la presentación de Compañía Malonera, y Sandro llevó a Libertad a su casa. Estaban felices, llenos de sensaciones que no acababan de asimilar del todo.

Él, como buen caballero, abrió la puerta del auto y le tendió la mano para que Libertad bajara. Llegaron hasta la puerta de calle de la casa de ella. Sandro no quería dejarla ir, no quería que la noche acabara, pero él deseaba mostrarle que él no la tomaría por un par de días para luego desecharla. No, él la quería de manera exclusiva y permanente.

Pero, piano, piano él se tomaba las cosas con relativa mesura.

—Gracias, Sandro por llevarme a bailar, ha sido una experiencia única y maravillosa.

—No, gracias a ti. Hace años que no bailaba, olvidé lo mucho de disfrutaba hacerlo. Ahora lo disfruto mucho más contigo.

Libertad se sonrojó por el cumplido, y empezó a buscar sus llaves para entrar a su casa. Si se quedaba cinco minutos más, se lanzaría como una tigresa sobre Sandro, y se sumergiría con él en las aguas de la pasión y la lujuria. Pero a la vez ella sentía que con él no tenía que hacerlo (no es que no tuviera ganas, eso sobraba), ella no sentía esa necesidad de construir la relación en base al sexo, eso llegaría en el momento preciso, estaba segura de ello.

Quería disfrutar el cortejo, sentirse halagada, deseada, pero no presionada. Y Sandro sabía cómo hacerlo, la hacía sentir mujer y ni siquiera había intentado tocarle los senos.

El hombre era una roca de determinación y estoicismo. Y eso era admirable.

Sandro detuvo la acción de Libertad de abrir la puerta con las llaves. Sujetó suavemente sus manos y la volvió a besar. Estaba volviéndose adicto a ella, no podía dejar fácilmente su droga y tampoco quería rehabilitación.

La adrenalina que ella sentía ante la cercanía de Sandro solo se comparaba a la emoción que sentía cuando corría carreras clandestinas. De hecho, era la primera vez que experimentaba esa sensación con un humano y no con un automóvil.

—Libertad... quiero decirte algo. Necesito hablar contigo...

Ella se paralizó, y miró atenta a lo que Sandro iba a decirle. Su mente empezó a trabajar a la velocidad de la luz. No era la primera vez que empezaban una conversación no muy auspiciosa de esa manera. Ya sabía lo que venía, «No quiero un compromiso», «Soy del tipo de relaciones más abiertas», «No deseo algo fijo», «Me gusta estar contigo, pero...», o el clásico «No eres tú, soy yo».

Libertad comenzó a sentir decepción y pena, empezó a brotar en su pecho la horrible sensación de que fue usada. Tenía miedo a que lo bonito que era todo acabara. Guardó silencio unos segundos y preguntó un poco brusca:

—¿Qué es lo que me vas a decir?

—Puede sonar apresurado, pero a mí no me gustan las relaciones pasajeras. Si quieres que yo esté contigo, lo estaré al cien porciento... No me agradan las medias tintas o las relaciones abiertas. Ni siquiera me gustan las amigas con derecho. Si yo doy, espero recibir.

Claramente, Libertad estaba preparada sicológicamente para otro discurso. En su mente ni siquiera le había dado el beneficio de la duda. Sandro siempre le demostraba que era un hombre diferente. Y ella, sorprendida, no pudo decir ni pío.

—¿Y bien? ¿Quieres continuar, o lo dejamos hasta aquí?

Libertad reaccionó y se lanzó a los brazos de Sandro. Esta vez ella dio su salto de fe, quería experimentar con él todo lo que la vida les podría ofrecer.

—¡Contigo, contigo! Yo quiero estar contigo, con nadie más. Cien porciento segura.

Sellaron su pacto con un beso cargado de promesas y esperanzas, y le dieron la bienvenida al nacimiento de nuevos sentimientos.

Volvían a tener la oportunidad de vivir una nueva vida.

A la mañana siguiente, el té era más dulce, el pan más crujiente y todo era simplemente mejor en la vida de Sandro. Estaba contento y salió a correr como todas las mañanas. Había trasnochado, pero estaba lleno de energía. Sentía que estaba saliendo de un hoyo del cual no recordaba cómo se había metido. En un par de semanas veía todo con un prisma diferente, y enfrentaba su vida con más optimismo. Tenía la sensación de que ahora se movía, que avanzaba. Estuvo mucho tiempo estancado en un estado en el cual la rutina y el pesar se lo estaban comiendo vivo. Ahora se daba cuenta que estaba viviendo demasiado solo en el mundo.

Hizo su ruta habitual, pero agregó unas calles más para poder pasar por casa de Libertad, por si acaso. Al llegar por ahí, vio a la señora Silvia barriendo la calle (para variar) y la saludó.

—¡Hola, mijito, tantas lunas! —exclamó la señora Silvia con verdadera alegría.

—Hola, señora Silvia, ¿cómo está?

—Bien, bien. Acá me ves, limpiado estos huevitos de perro que dejan los vecinos por aquí.

—Así la veo, ¿por qué no me invita un vaso de agua? Estoy sediento.

—A ti debería invitarte unos escobazos por ingrato, chiquillo malagradecido —reprendió con cariño.

—No se enoje, he tenido mucho trabajo.

—Sí claro, trabajándote a mi vecina. Ayer te vi con estos dos ojos que todavía ven bien.

Sandro rio, le gustaba hablar con la señora Silvia, aunque fuera una cacatúa que no paraba nunca de cotorrear.

—Ya pues, mejore ese carácter suyo y no me rete tanto. ¿Me va a dar agua, o no?

La señora Silvia sonrió y lo hizo pasar a su casa, mientras entraba, Sandro miró las fotos de ella que tenía junto a su abuela. El verlas le recordó el dolor de perderla, y a la vez notó que ese dolor ya no era tan intenso. Centró su atención en la señora Silvia quien le daba un vaso de agua con hielo, y decidió jugar un poco con ella.

—Dígame, ¿por qué le contó tantas cosas a Libertad?

—No le dije nada que no fuera de dominio público.

—Así y todo le hizo una biografía completa de mí —acusó él seriamente.

—Aaaaaah, no seas tan grave—hizo un gesto con la mano para restarle importancia al asunto—. Te va a dar un ataque al corazón si sigues tomándote las cosas tan a pecho.

—¡Mpf! ¿Y qué cosas le puso de su cosecha?, la conozco, siempre le pone algo más para hacer más sabrosa la historia.

—Nada, muchacho, no dije nada. —La señora Silvia se aguantaba la risa, porque se acordó su «reveladora» conversación con Libertad—. Mmmmm, ahora que lo recuerdo, le dije que era posible que chutearas para el otro equipo.

Sandro se atragantó con el agua que estaba bebiendo y el líquido salió expulsado por todas direcciones.

—¡¿Pero cómo se le ocurre decir algo así?!, oiga a usted se le pasó la mano. ¿Cuál era la idea de decir semejante tontera?

—Libertad no tiene buena reputación por aquí, no quería que salieras lastimado de algún modo. Así que quería espantarla un pelín.

—Pero ese tipo de cosas no las decide usted, las decido yo. Además, usted sabe muy bien que solo debe creer en la tercera parte de un rumor, lo demás son falsedades. Faltaba más…

—Bueno, bueno, no te me ofusques, que te haces viejo. Total, la niña salió más perseverante de lo que imaginaba. Algo es algo.

Perseverante, alegre, inteligente, fuerte, vulnerable y muchas cosas más que salían a la luz con tan solo hablar con ella un rato. Ella era transparente y cálida.

Sandro conversó un rato más con la señora Silvia. Se despidió para retomar su ruta y cuando salía de la casa se encontró con Libertad. Se le iluminó el rostro al verle, pero en un par de segundos su mirada se ensombreció al notar que Marcos iba caminando en sentido contrario para interceptarla. Se detuvo en seco para observar lo que sucedía. Él intervendría solo en caso de ser necesario.

Marcos se acercó rápidamente a Libertad y llamó su atención tocándole el hombro cuando pasó al lado de ella. Libertad se asustó, iba distraída pensando en Sandro, quería verlo. Pero al mirar a Marcos, su rostro se endureció y se puso tensa como cuerda de piano.

—Hola, Liber, ¿cómo *estai*?

—Bien. —No dijo nada más para no dar pie a la conversación, pero Marcos era insistente.

—¿Cambiaste de número?, cada vez que te llamo me sale el buzón.

—Sí —respondió con un monosílabo. No quería darle explicaciones si le decía que lo había bloqueado.

Marcos sacó su celular para anotar el supuesto nuevo número de Libertad, y se quedó esperando a que ella empezara a dictar... y no salía nada, ningún número de la boca de ella. Marcos empezó a perder la poca paciencia que tenía.

—¡Ya *po'h*, dámelo! —exigió Marcos exasperado.

—No, no te lo daré —respondió ella firmemente.

—¿Y por qué? ¿*Andai* con otro *hueón* ya? —especuló lleno de rabia y celos.

—Eso no es problema tuyo. Simplemente no quiero tener ningún tipo de contacto contigo, no me haces bien. Anda a hacerle teatro a tu *polola*. Yo no soy nada tuyo.

Marcos quedó estupefacto con el cambio de actitud de Libertad para con él. ¿Quién sería el infeliz que le había lavado el cerebro? Sus ojos escupían ira porque en el fondo sabía que todo había cambiado definitivamente.

Para Sandro fue suficiente de ser espectador, y se acercó a Libertad sin hacer ruido.

—Ya *po'h*, Liber, no *hueís*, dame tu número, es por si acaso.

—No, ya te lo dije. ¡No. Quiero. Volver. A. Verte. Más! ¡Entiende por Dios! ¡No quiero!

Sandro se puso detrás de Libertad, ella sintió el aroma de él, antes de sentir su presencia. Supo en ese momento que él estaba ahí con ella, apoyándola, protegiéndola, pero dejándola ser.

—La señorita ya fue clara. No insista, por favor —solicitó Sandro calmadamente pero firme.

Marcos de *ipso facto* reconoció la voz del hombre de la otra noche. La cara de Sandro le era familiar. Lo había visto antes, ahora lo sabía. ¡Maldita sea! No podía recordar de dónde lo conocía.

—¡Tú de nuevo!, con razón *estai* así, Liber. Si ahora *andai* caliente con este *hueón*. Te va a dejar tirada en dos días más, como todos los otros *hueones*. Como siempre.

—No la insulte más, déjela tranquila —defendió Sandro impertérrito ante las palabras cargadas de ponzoña de Marcos.

—¿Así que con éste *andai* ahora? —Marcos hacía un esfuerzo titánico por ignorar ese metro ochenta de hombre, pero le resultaba frustrantemente infructuoso el intento.

—Eso no te importa, Marcos. Vete —dijo Libertad con seguridad y aplomo— No es tu problema, ya no.

Marcos desconcertado ante la imagen de la pareja, no sabía qué hacer. No era la misma mujer que conoció alguna vez. Ese infeliz se la estaba quitando.

—Te vas a arrepentir, Libertad… te vas a acordar de mí cuando estés lloriqueando —auguró beligerante. Dio media vuelta colérico, y se fue rumiando su rabia.

Libertad sintió un alivio tan grande. Se dio cuenta de que Marcos era puro blablá y nada de acción. Cada vez se volvía más lejana su época con él, como un mal sueño de hace mucho tiempo atrás.

Ella había cambiado y al fin salía de las arenas movedizas que representaba Marcos en su vida. Se giró y miró a Sandro, y vio que él estaba con el ceño fruncido mirando cómo se alejaba el tipejo ese. Estaba sudado y vestía tenida deportiva, se veía pecaminoso pues se le marcaba en la ropa toda la musculatura de su cuerpo. No pudo evitar darle un escaneo de los pies a la cabeza, y lo que vio, le encantó, y no pudo evitar lamerse los labios que se habían secado con el repentino calor que la invadió.

Sandro notó el cambio en la mirada de Libertad mientras lo repasaba. Vio hambre, deseo y se sintió como un trozo de carne listo para ser servido y devorado por ella. La mirada de Libertad era tan sexual, tan llena de tentaciones que comenzó a sentir fuego recorriendo su sangre, y ciertas partes de su anatomía comenzaban a cobrar vida propia.

—Hola, Sandro, ¿qué te trae por aquí? —preguntó ella con coquetería mordiéndose el labio.

El tosió, para aclarar su garganta, sentía la boca seca y el maldito calor que lo invadía no se iba.

—Pasaba por aquí, intento correr todas las mañanas.

—Aaaaaaah… nunca te había visto por estos lares —comentó ladina.

—Hice una pequeña extensión en mi ruta. —Sandro comenzó a sentirse nervioso, ella lo estaba desarmando.

—Aaaaaaah, y justo, justo, pasabas por aquí, mira qué coincidencia —ironizó.

—Ya, ya, ya… pase por aquí por si te veía —reconoció—… además aproveché de ver a la señora Silvia que la tenía media abandonada.

—Aaaaaaah, mira tú. Si quieres verme solo tienes que llamarme, te hubiera salido menos agotador que correr.

—Solo quería tentar a la diosa de la fortuna y mira cómo me favorece. Tomaré tu palabra y te llamaré cuando quiera verte, y creo que será bastante seguido. Supongo que no es necesario, pero si quieres verme también estas autorizada para hacerlo cuando quieras. —Estas últimas palabras, Sandro las dijo con un tono tan juguetón que a Libertad le sorprendió esa faceta de él, era muy posible que bajo toda esa fachada de macho duro y serio, hubiera un gatito retozón camuflado con semejante hombre que estaba lleno de claroscuros.

En esos momentos la madre de Libertad, la señora Isabel, salió al jardín y vio a su hija hablando con un hombre al cual nunca había visto (y eso que ella conocía a media villa)

—¡Ajá! Por eso no llegabas nunca con el pan, tu papá ya está reclamando y ya sabes cómo se pone cuando tiene hambre —reprendió.

—Ya voy, mamá. —Miró a Sandro con una sonrisa y se encogió de hombros—. Te llamo más rato. —Se puso de puntillas y en un esfuerzo máximo por llegar a su altura, besó rápidamente los labios de él—. Nos vemos, don Sandro. —Hizo un gesto de despedida con los dedos y se dirigió rauda a la panadería.

Sandro observó atónito a Libertad hasta que la perdió de vista, mientras que la señora Isabel no le quitaba los ojos de encima. Su sexto sentido de madre le dijo que él era diferente, y que era muy probable que su hija esta vez hubiera acertado con un buen hombre.

—¿Y tú, vas a entrar o no? —preguntó la señora Isabel con autoridad.

—¿Yo? —Sandro se quedó desconcertado con la pregunta y le costó un par de segundos procesarla.

—No veo a nadie más aquí —respondió sarcástica.

—No, muchas gracias por la invitación, pero tengo otro compromiso, en otra oportunidad será. Que tenga buen día, señora.

Sandro terminó su carrera matutina, y volvió a casa. Se bañó con agua helada para poder bajar la erección permanente que le dejó Libertad y su mirada depredadora y provocativa. Su cuerpo había tomado vida propia, y reclamaba su natural desahogo.

Le costó un baño de diez minutos y llenar sus pensamientos de cachorritos muertos y gatitos ahogados, para poder dejar de pensar en ella sin que su miembro dijera, «¡acá abajo necesitamos atención!, la necesitamos a ella, la queremos ¡ya!».

Capítulo 11

Al medio día, Sandro fue al cementerio, compró lirios blancos y una rosa roja. La última morada de sus padres y de su abuela estaba en la misma bóveda familiar.

Retiró las flores secas, limpió la lápida con agua, luego y se sentó en el pasto. Se puso a pensar y a repasar las cosas que habían sucedido desde la última vez que los visitó. De pronto su vida tomó un giro inesperado, y necesitaba hablar, sacar lo que tenía en el pecho y poder mirar todo con algo de perspectiva (si es que eso era posible).

—Papá… cómo me habría gustado preguntarte como te enamoraste de mamá, ¿qué sentías?… ¿la amaste mucho?... —preguntó rogando que aparecieran las respuestas, pero su padre ya no estaba con él—. ¿Sabes? —continuó—, conocí a una mujer, se llama Libertad. Cuando estoy con ella siento cosas que no sentía antes con otras. Es como más intenso… me da un poco de miedo enamorarme… —Sandro sonrió divertido por aquel pensamiento—… Pero creo que ya es un poco tarde para decir eso, ya lo estoy. —Al reconocerlo, se le oprimió el pecho, lo sentía lleno de sentimientos que le costaba manejar—. Y ahora que lo digo en voz alta, tengo tanto miedo de perderla. En muy poco tiempo ella se ha convertido en una persona muy importante para mí. —Suspiró hondo pensando en ella—. Libertad no lo ha pasado muy bien últimamente, ha tenido malas experiencias, pero siempre sigue adelante. Al igual que todas las personas, ella ha cometido errores, pero la he visto aprender de ellos. Es fuerte, pero duda a veces de su fortaleza. —Sandro admiraba a Libertad, ella estaba cambiando su vida, sin pedirle nada a cambio. Dirigió sus plegarias a su madre, ¡cómo la extrañaba!—. Mamá… tú sabes que te quiero mucho. Es muy probable que si hubieras podido conocerla, se habrían puesto a cocinar juntas para hacernos engordar a papá y a mí. —Se permitió el derecho a fantasear un rato— … Echo de menos tus almuerzos… ¿Cómo habría sido todo si estuvieras aquí? Ustedes eran tan jóvenes… Nunca lo sabré. —Una lágrima rodó por su mejilla sin su permiso. Sandro no lloraba desde que su hermano lo decepcionó, se la secó, pero otra volvió a salir con más fuerza—. Abuela… Noni, a usted sin duda, le hubiera gustado conocerla, le habría caído bien… Noni, me hacen tanta falta sus consejos, usted siempre daba en el clavo… Ahora recuerdo cuando una vez me dijo que cuando quisiera de verdad no importaría nada, ni quién fuera, ni de dónde viniera, ni cuánto tiempo pasara, ni que historias tuviera esa persona. Me dijo que simplemente amaría sin más, sin condición. En ese momento pensé que eran puras cosas románticas suyas como buena italiana… Le tengo que dar la razón ahora. Usted tenía toda la razón, Noni. —Sus lágrimas brotaban sin cesar de sus ojos, ya no se podía, ni quería contener—. En este momento me hacen tanta falta… pasa el tiempo y aun me hacen falta, no me resigno a que no estén. —Sandro intentó nuevamente contener las lágrimas, pero fue infructuoso, entre pena y felicidad eran sus sentimientos que se mezclaban en su alma. Pasaron unos minutos en los que luchó para serenarse. Miró al cielo e inspiró profundamente—. Espero que ella sienta algún día lo mismo que yo… Los veré cuando tenga noticias importantes. Los quiero mucho. —Se levantó con el espíritu más liviano. Hablar con su familia le había hecho bien, sincerarse con sus sentimientos era algo liberador.

Dejó los lirios blancos al lado del nombre de su madre y de su Noni, y la rosa roja sobre el nombre de su padre. Dejó un beso sobre la placa de la bóveda y se fue.

Al rato después llegó otro hombre a visitar la misma tumba, estuvo lo suficientemente cerca para escuchar a Sandro y no ser visto. Alto, de ojos castaños y cabello del mismo color pero adornado con algunas canas en las sienes. Su constitución era fuerte y maciza, pero su rostro demostraba un gran cansancio. Miró las flores y se sentó en el pasto, mientras fumaba un cigarrillo.

—A Alessandro lo golpeó fuerte esta vez, ¿cierto? —Inhaló un poco de humo y lo expulsó lentamente dibujando espirales azules—. Ya era hora, pero ahora tendré que vigilar a un par de personas más o todo se irá al carajo… No se preocupen, en muy poco tiempo todo esto acabará. Lo prometo.

Capítulo 12

Si había un día que Libertad odiaba con todo su corazón, ese era el día lunes, y si a eso le agregamos un jefe cascarrabias, misógino y probablemente con una nula vida sexual, tendremos como resultado una jornada desastrosa.

Libertad, sin embargo, llegó ese día lunes con un excelente buen humor. Ella se veía radiante, atiborrada de paz y tranquilidad. Sus padres no le dieron la lata por su nueva pareja, había extirpado y exorcizado a Marcos de su sistema y Sandro era un hombre increíble. En fin, las cosas progresaban en la dirección correcta.

Las jornadas laborales se sucedían una a una. Sandro y Libertad hablaban por teléfono o se comunicaban por *WhatsApp* todos los días, intentaban mantener el contacto, aunque fuera saber brevemente cómo estaba la otra persona. Los turnos de Libertad impedían que se vieran todos los días, así que de esta manera podían tener algún tipo de comunicación, necesitaban calmar esa privación de estar juntos de alguna manera.

A finales de esa semana sonó el móvil de Libertad a eso de las cinco de la tarde, ella estaba a punto de terminar su turno, revisó la pantalla y vio que era un mensaje de Sandro, sonrió instantáneamente al leer su nombre.

Sandro: ¿Qué haces?
Libertad: Estoy trabajando.
Sandro: ¿A qué hora sales?
Libertad: En cuarenta minutos más o menos.
Sandro: ¿Nos encontramos en Mac Iver con Alameda a las siete?

Libertad: *¡Ya! :3*
Sandro: *Nos vemos… un beso.*
Libertad: *<3*

Libertad no estaba acostumbrada al cortejo, y lo estaba disfrutando al máximo. Era raro sentirse deseada por un hombre de una manera no explícitamente sexual. Ella, era deseada por ser ella, por su forma de ser, de hablar, de pensar; no por la cantidad o la intensidad de los orgasmos que ella podía provocar en un hombre. Esa sensación le gustó. En cierto modo, era como vivir una de sus novelas románticas.

Cuando ella llegó al lugar acordado, Sandro ya la estaba esperando. Estaba apoyado en el pilar de una luminaria, se veía tan relajado, tan cómodo viendo quizás qué cosa en su *smartphone*, estaba absorto moviendo su dedo sobre la pantalla.

Libertad se acercó sigilosamente, para que no la viera, tenía curiosidad de ver qué era lo que tanto le interesaba y lo tenía concentrado. Se acercó un poco más y pudo ver que estaba jugando *Candy Crush*. Libertad rodó los ojos y los puso en blanco. Un hombre que no juega a algo no puede preciarse de tal condición.

—Mueve esa azul para abajo —indicó Libertad.

Él sonrió al escuchar la voz de ella, movió su dedo, pero no hizo el movimiento que ella le aconsejó.

—¡Tenías para hacer un dulce multicolor! Y te lo perdiste.

—Lo hice a propósito —replicó son suficiencia.

—¡Uy sí que malote eres!, pierdes a propósito —bromeó contenta.

Sandro miró a Libertad, estaba feliz de verla. Él la besó de pronto, sin decir agua va, lentamente, suavemente… dulcemente. ¡Oh ese beso!, seguramente era uno que ella jamás olvidaría en su vida. Se sintió tan adorada, tan querida, como si fuera un tesoro. Él le transmitió tantos sentimientos que le abrumó que ella pudiera provocar tales emociones. Suavemente terminaron su beso, con varios besitos cortitos más.

—Libertad, debes saludar primero antes de intervenir en mi estrategia de juego —increpó Sandro serio pero a punto de sonreír.

—Lo tomaré en cuenta para la próxima. Hola, ¿cómo estás?

—Bien, pero ahora mi día ha mejorado notablemente.

—No seas tan *chupamedias*, no hay que exagerar.

—No exagero, acostúmbrate a mis cumplidos, Libertad, no suelo halagar de manera gratuita.

—Ya, ya, ya capté el mensaje.

—¿Vamos? —Sandro le tomó la mano y comenzó a caminar.

—¿A dónde? —preguntó Libertad mientras apuraba el paso para alcanzar el ritmo de él.

—Confía, mujer, te gustará —Sandro le guiñó el ojo y siguió avanzando.

Caminaron un par de cuadras por Mac Iver hasta llegar a Huérfanos y Sandro la guió al interior de una librería, no era muy grande pero estaba abarrotada de libros de pared a pared.

A Libertad le brillaron los ojitos, salieron estrellitas multicolores y escupía arcoíris por la boca.

—¡Oooooh!, me has traído al paraíso, Sandro, es peligroso lo que haces, muy peligroso, muy, muy peligroso.

—¿Por qué? —preguntó intrigado.

—Porque si sigues haciendo cosas como ésta, no podrás deshacerte de mí nunca.

—Es la idea…

La felicidad total no existe, son solo algunos momentos en la vida, y que hay que apreciarlos cuando suceden. Libertad estaba acumulando muchos momentos preciosos con Sandro. Él tenía la capacidad de hacer que pequeños detalles se convirtieran en momentos de felicidad para ella. Él solo quería hacerla feliz, y se daba cuenta de que no tenía que hacer grandes esfuerzos, solo había que hacerlo con amor.

—¿Cuántos puedo elegir? —preguntó extasiada.

—Dos, los que sean.

—¿Y si es una trilogía? —«Es que ahora todos los libros los publican de a tres», pensó ella.

—Bueno, tres… solo si es una trilogía —aceptó la tácita petición de ella.

—¡Yujuuuuu!

Decidir qué libros comprar era más difícil que elegir ropa, pensó Libertad. Escoger fue una tarea colosal, Sandro estaba al lado de ella viendo cómo se preguntaba a sí misma, «¿por éste o por aquel?». Él esperó pacientemente porque la entendía. Él mismo tenía una lista interminable de «libros por leer».

Después de media hora, Libertad eligió los dos primeros tomos de una serie erótica de BDSM llamada «Amos y Mazmorras», estaba exultante de felicidad y solo quería ponerse de cabeza a leer.

Sandro demoró mucho menos, sacó su lista, buscó los libros, los encontró, tachó su lista y terminó. Práctico.

Cuando salieron de la librería, se dirigieron al café Colonia, ahí los atendió don Mario, quien estaba contento y sorprendido de ver a Sandro en día de semana y acompañado. Él pidió lo de siempre, Libertad también.

—Me estas malcriando, Sandro, estoy encontrando insípido el café instantáneo —comentó Libertad mientras tomaba su café *mokaccino*.

—No te malcrío, estas refinando tu paladar, que es diferente —argumentó guiñando un ojo y sonrió.

¡Cómo amaba la sonrisa de Sandro! Él estaba tan tranquilo siendo él, se notaba en su lenguaje corporal, no se percibía ni una pizca de tensión o incomodidad.

—Déjame ver de qué se tratan los libros que elegiste —dijo él con curiosidad.

—Ok, pero es bajo tu riesgo, no respondo por abrirte los ojos. —Sonrió Libertad, se moría de ganas de ver la reacción de Sandro, y le pasó el primer tomo del título que eligió.

Él hojeó el libro con cuidado, leyó la sinopsis. Miró a Libertad con cara interrogante y levantó una ceja.

—Interesante literatura a la que eres aficionada.

Volvió a hojear, y se detuvo a leer un pasaje. Su cara se volvió seria, levanto ambas cejas y miró a Libertad y volvió a leer.

La verdad es que lo que estaba leyendo era una escena erótica y siendo sincero lo estaba excitando. En ese momento la lascivia tomó control de las acciones de Sandro, volviéndolo un hombre osado.

Se aclaró la garganta y comenzó a leer el párrafo con un tono suficientemente bajo como para que solo ella escuchara, su voz era grave, pausada, suave e íntima.

Libertad no daba crédito a lo que sucedía en ese momento, su taza de café quedo a medio camino y miró fijo a Sandro que seguía leyendo impasible. Se lo imaginó haciendo lo que el protagonista hacía. Se imaginó que ella era la que estaba a su merced, imaginó el placer, lo imaginó todo. Y solo deseaba sentir en carne propia esas sensaciones.

Cuando terminó de leer, Sandro volvió a mirar a Libertad, tenía la boca ligeramente entreabierta, sus ojos estaban vidriosos y sus mejillas estaban teñidas con un leve rubor. La visión que ella le entregaba era la de una diosa inocente codiciosa de placer.

Él también imaginó mientras leía, se preguntó cómo sería experimentar aquello que leyó. Cómo sería llevar a Libertad hasta el límite y hacerla explotar.

Y este es un clásico ejemplo de «ir a buscar lana y salir trasquilado», porque si había alguien completamente excitado, ese era él. Si hubiera estado en su casa, es la hora que estarían ambos en su cama haciendo el amor salvajemente.

—Ya veo porque te gusta tanto leer este género, sin duda da ideas, ¿de verdad te gustaría estar así, atada y sometida?

—Es una fantasía, en la realidad, la experiencia puede ser increíble o desastrosa, pero no se sabe hasta que lo pruebas.

—¿Y lo has probado? —Inmediatamente Sandro se arrepintió de hacer la pregunta porque moriría de celos si la respuesta era positiva.

—No, no lo he hecho —negó lentamente con la cabeza—. Nunca he tenido la confianza suficiente con alguien como para ventilar ese tipo de fantasías y menos para realizarlas.

—Mmm… yo creo que ustedes las mujeres son más atrevidas que los hombres a la hora de tener fantasías. Nosotros somos más básicos y probablemente nuestra imaginación no sea tan prolífica como las suyas. Con suerte los hombres fantaseamos con tríos, o una buena sesión de sexo anal u oral.

—¿Cómo lo haces? —preguntó incrédula.

—¿Cómo hago qué? —replicó descolocado.

—Hablar de sexo y que suene natural, es extraño, es como si estuvieras hablando del clima, o de cualquier otra cosa. Nunca me ha pasado escuchar a un hombre hablar tan abiertamente, sin bromear sobre el tema o vulgarizarlo.

—Pero si hablar de sexo es algo natural, por lo menos no es un tema que me incomode.

Lo que sí lo tenía incómodo era la monumental erección que presionaba su pantalón. Deseaba a Libertad cada día más. Sentía la necesidad primitiva de unirse a ella, iba más allá de la razón, lo sentía en su cuerpo, en su corazón, en sus entrañas.

Libertad podía palpar la tensión sexual que había entre ellos, se percibía hasta en el aire que respiraban. Podía sentir como sus venas transportaban sangre caliente y espesa a su centro dejándolo sensible a cualquier movimiento, prácticamente a punto de estallar.

Él intentaba controlarse para no llevársela de ahí como si fuera un Neanderthal, y dejar libre al animal que tenía atado en su interior para que la devorara.

Ella podía sentir su lucha interna y deseaba desde el fondo de su ser, que el animal ganara la batalla. Deseaba tanto a Sandro, como nada en el mundo, quería saber cómo era él al dejarse llevar por la pasión, sin tener que dominar sus instintos primarios.

Así que decidió darle un empujoncito para liberar a la bestia.

—Dime, Sandro, de lo que acabas de leer, ¿te gustaría llevarlo a la práctica? —preguntó seria y absolutamente sensual—… A mí me gustaría probar eso y mucho más contigo, solo contigo… ¿Sandro, por cuánto tiempo más te vas a contener? —dijo en un tono malicioso y sin rastro de culpa.

Ahora quien se quedó petrificado con la taza a medio camino fue Sandro. Aquella «pregunta-proposición-indecente» fue como un golpe de estado para el gobierno que ejercía sobre sí mismo. Su cuerpo se reveló contra él dolorosamente, ya no podía continuar así. Se rindió ante sus íntimos deseos, y postró su cuerpo y alma a los pies de Libertad.

—Su pregunta la ha condenado, señorita Ávalos. Nos vamos, llama a tu casa y avisa que no llegarás —ordenó dominante, pero sin intimidarla.

Pidió la cuenta, pagó rápidamente y tomó la mano de ella, y la guió fuera del local internándola en la oscuridad de la noche. Sandro hizo parar un taxi y dio las indicaciones precisas para llegar a su casa. Libertad finalmente estaba despertando a la bestia y ella gustosa asumiría todas las consecuencias, no quería otra cosa más que estar desnuda en los brazos de su hombre.

En el interior del vehículo se besaban profundamente, sus lenguas desataron una batalla campal sin cuartel, sin piedad alguna. Las manos de Sandro vagaban por debajo de la blusa de ella, pero que evitaban a propósito tocar directamente sus senos. Quería atormentarla, quería que pidiera más, que rogara.

Libertad besaba y se dejaba besar, acariciaba el cuello de Sandro, tironeaba de su cabello para aferrarse a este mundo y no flotar. Ella disfrutaba cada una de las caricias sensuales que le proporcionaba Sandro, sentía como la barba incipiente de él erosionaba eróticamente su piel dejando una estela de placer y dolor.

Libertad tenía sus sentidos exaltados tocando, explorando y descubriendo los planos y ángulos del cuerpo de él, sentía como se movía cada musculo, como tensionaba y relajaba cada tendón.

El recorrido para llegar a su destino fue tórrido, pero interminable para ambos. Se deseaban como nunca antes habían deseado a alguien, estaban desesperados por fusionarse de una vez, ser uno y no separarse jamás.

Cuando finalmente llegaron, se detuvieron en el umbral de la puerta de entrada de la casa de él. Sandro abrió la puerta, tomó en brazos a Libertad como si fuera una novia, y dio un paso al frente. Este gesto para él era muy significativo, a partir de ese momento, todo cambiaría entre ellos.

Dio otro paso más al interior de la casa y se quedó petrificado, ya que en ese mismo instante se encendió una lámpara y reveló la presencia de un hombre que Libertad no conocía.

El rostro de Sandro se transfiguró, su semblante se tornó duro y severo. Él sabía perfectamente quien era el intruso. Soltó suavemente a Libertad para poder enfrentar mejor la situación. Se plantó con postura rígida y fríamente preguntó...

—¿Me puedes explicar qué haces aquí, Ángel?

Capítulo 13

Libertad tenía ante sí, a una versión mayor de Sandro. Ambos eran físicamente muy parecidos, pero Ángel se veía más viejo de lo que en realidad era. Estaba sentado con propiedad en un sofá y ni se inmutó con el glacial «saludo» de su hermano.

—Hola, Alessandro, ha pasado mucho tiempo. ¿Cómo estás?... —respondió relajado—. Puedo ver que te está yendo muy bien —aseveró sarcástico.

Cuando uno se imagina a un narcotraficante, lo primero que se viene a la mente es ver a un tipo con un dudoso sentido de la moda, un léxico sacado de la cárcel o del barrio, y la educación brilla por su ausencia. Ángel era la antítesis de todo ello, vestía impecable, y su forma de expresarse era idéntica a la de Sandro. Él era un todo un señor, muy bien educado a pesar de su «oficio».

—Eso no te incumbe, no has contestado. ¿Qué haces aquí?

—Necesito hablar contigo un tema serio —contestó Ángel tratando de imponer su jerarquía de hermano mayor.

—No hay nada que hablar. Lo único que nos unía era la Noni, ahora que ella no está, nosotros no somos nada.

—Alessandro, escúchame.

—No me digas Alessandro, ¡sabes que lo odio!, ¿cuántas veces hay que repetírtelo? —explotó levantando la voz.

—No comprendes lo delicado de la situación, ¡hazme caso de una maldita vez! —exigió, pero sabía que sería inútil.

—Vete, Ángel, no tengo nada más que hablar contigo.

—Me vas a tener que escuchar tarde o temprano… No será la última vez que nos veamos. —Ángel se levantó del sofá y caminó hacia la salida, miró a la pareja y sonrió.—Cambia de lado la llave de emergencia, la dejaré donde la encontré. Buenas noches a ambos.

Cuando Ángel cerró la puerta, Sandro comenzó a pasearse como si fuera un tigre enjaulado. Se pasaba la mano por el cabello. Quería que se le pasara la furia, estaba callado y no deseaba que Libertad lo viera así.

Ella estaba en silencio observándolo, dándole espacio. Sigilosamente se fue a la cocina y se dispuso a preparar un par de tazas de té.

Sandro salió de su estado de ofuscación al sentir los sonidos que provenían desde la cocina. Su estado de ánimo se sosegó al ver a Libertad ocupada en preparar una infusión caliente para beber, preocupándose por reconfortarlo de algún modo. Ella era como un bálsamo para su alma, era una bendición tenerla a su lado.

—Necesitas algo para calmarte, cariño, tomar algo caliente servirá —ofreció Libertad mientras ponía las bolsitas de té en las tazas.

—Gracias, eres muy amable, no debiste hacerlo.

—Solo lo hago porque estoy preocupada por ti, y porque te quiero mucho…

Cuando terminó de decir aquellas palabras, Libertad se quedó quieta, lo dijo sin premeditarlo, solo salieron aquellas palabras sin pensar, ella no estaba segura de cómo reaccionaría Sandro ante esa declaración.

Él se quedó mirándola fijamente, para él era como si estuviera en un sueño y tenía miedo de despertar, se dio cuenta que a ella «se le salió» sin querer. Se comenzó a dibujar una sonrisa en sus labios, ni siquiera la visita de su hermano podía arruinar ese momento.

—Yo también te quiero mucho, Libertad. —Fue lo único que dijo él.

Libertad también sonrió, se acercó a Sandro y se colgó de su cuello para besarlo. Él la abrazó con fuerza como si no quisiera soltarla ni en un millón de años.

En ese instante todo encajó, como si de un puzle se tratara. Tal vez la vida misma se encargó de prepararlos para estar juntos. Ambos apreciaban lo que se regalaban mutuamente e iban a luchar por conservarlo para siempre.

De eso se trata el amor.

—Te quiero mucho, mucho, Libertad… No sabes cuánto —expresó aspirando el aroma a flores de ella.

—Yo también. Soy muy feliz… te quiero mucho.

En ese preciso momento, comenzó a silbar el pito de la tetera que estaba hirviendo. Libertad apagó la cocina y vertió el agua caliente en las tazas. Sandro le ayudó para llevarlas a la mesa del comedor. Se sentaron para tomarse el té y relajarse un poco, el día se había vuelto una montaña rusa emocional.

Sandro bebió un par de sorbos en silencio, estaba tratando de imaginar qué diablos le habría pasado a su hermano como para pisar nuevamente esa casa. Ver a Ángel sentado ahí fue como retroceder en el tiempo, a aquella época en que él era su héroe y la persona que más admiraba.

—¿Ángel siempre se aparece así? —preguntó ella con cautela.

—Hace quince años que no ponía un pie esta casa.

—Eso sí que es un montón de tiempo. Si hizo acto de presencia hoy, debió ser porque pasó algo muy malo, ¿no crees?

—No lo sé, de él puedo pensar cualquier cosa, desde que murió la Noni, mi abuela, no he vuelto a dirigirle la palabra… Antes de eso, solo le hablaba una vez al mes, porque ella me mandaba a tener noticias de él. Hasta el último día de su vida ella se preocupó por Ángel.

—¿Cuántos años tiene tu hermano? —interrogó aprovechado la inusitada elocuencia de Sandro, respecto a los temas familiares.

—Treinta y cuatro, empezó en el «negocio» como a los diecisiete años, y a los diecinueve, la Noni le dio un ultimátum para que dejara de traficar... Él optó por irse y vivir bajo sus propias reglas.

—¿Y cuántos años tenías tú en esa época?

—Tenía quince, para mí los actos de mi hermano fueron una traición a la familia. La Noni nos crió bien, pero imagina vivir con una pensión mísera y dos nietos. El tema del dinero era complicado. Ella daba clases de baile en una academia y yo iba de ayudante. También empaquetaba en supermercados. Todos nos esforzábamos mucho para llegar a fin de mes. Pero Ángel descubrió una manera de hacer dinero fácil y sin esfuerzo, y le gustó. Eso nunca se lo perdonó la Noni, ella no había criado un delincuente, decía, pero así y todo vivía con el alma en un hilo cuando veía las noticias policiales en televisión, siempre pensaba que un día lo vería muerto o preso.

—Debió ser muy difícil para ustedes. —Libertad suspiró, imaginó al joven Sandro sacándose la mugre, esforzándose con su abuela para salir adelante y le dieron ganas de abrazarlo. En cambio, le tomó la mano y se la apretó compasiva.

—Mi familia ya estaba rota con la muerte de mis padres, la decisión de Ángel de irse por el lado fácil, le dio el tiro de gracia. Nunca volvimos a ser los mismos.

Libertad estaba sorprendida por lo que escuchaba, nunca pensó que Sandro se abriría así para ella. Le mostró un hombre que había tenido una vida llena de vicisitudes y que supo salir adelante. Un hombre que amaba a su familia y se sentía perdido sin ella.

—Eres un hombre admirable, Sandro, has tenido un camino complicado y aun así eres una buena persona. Un hombre increíble.

—Gracias por el cumplido. —Sonrió con debilidad—, ha sido difícil, pero no puedo quejarme. Es lo que me tocó vivir, solo hay que mejorar las cosas que dependan de uno.

—Gracias por hablarme de todo esto. Es muy importante para mí que me cuentes tus cosas. —Ella besó suavemente la mejilla de Sandro como agradecimiento.

Libertad pensó que ya estaba bueno de recordar cosas dolorosas para Sandro, él iría dándole pedazos de su pasado en el futuro. Así que para cambiar el tema, preguntó algo que la tenía intrigada desde que salieron a bailar.

—Bueno para cambiar un poco el tema, ahora sé que tienes treinta (y no los representas), y el porqué bailas tan bien, ¿qué bailes dominas?

Sandro rió con la pregunta y el cambio del tenor de la conversación, el rememorar tantos recuerdos juntos estaba siendo demasiado para él. Así que agradeció el cambio de dirección de la plática.

—Mmmmmm… creo que perdí la cuenta, sé bailar vals, bolero, chachachá, tango, mambo, salsa, merengue, rock & roll y twist. Y por el lado folclórico sé cueca, trote, mazamorra, guaracha y sau-sau… mmmm creo que son todos, no recuerdo si me queda algo en el tintero.

—¿Y qué no sabes bailar? ¡Dominas todos los bailes del mundo!

—No bailo reggaetón, ni bachata.

—¿Y por qué? Si sabes bailar la base, lo más probable es que no te cueste nada de nada.

—No hay posibilidad alguna, no me gusta esa música, ni sus exponentes.

—¿Y hay algo del siglo XXI que te guste?

—Bruno Mars es uno de los pocos artistas actuales por el que pagaría por ver en un concierto. El tipo las hace todas.

—Bruno Mars… me gusta tu elección…

Siguieron conversando de muchas cosas y sin sentir el paso del tiempo ya era casi la medianoche. Sandro sacó su reloj de bolsillo y miró la hora.

—Son un cuarto para las doce, ¿quieres que te vaya a dejar a tu casa?

—No, ya avisé que no llegaba, además no quiero dejarte solo… ¿puedo dormir contigo? Mañana tengo turno de tarde-noche así que no tendré problemas con el horario.

—Vamos a dormir entonces.

Sandro le tendió la mano y fueron hasta su dormitorio. Ambos estaban molidos de cansancio y el sueño se estaba apoderando de sus cuerpos. Tenían que recuperar fuerzas y ánimo, ese día fue demasiado arrollador para ellos.

Libertad usó una camiseta de Sandro como pijama, que en realidad le quedaba como camisola de lo grande que era. Él habitualmente no usaba pijama pero tenía uno para «ocasiones que ameritaban usarlo», y esta era una ocasión más que ideal.

Se acostaron y Sandro abrazó a Libertad haciendo la clásica y nunca bien ponderada cucharita. Se acurrucó contra ella y aspiró su aroma floral, aquello lo sumió en un estado de relajo total, mejor que un clormenazona, pensó él.

Aquello era el Edén en la tierra.

—Buenas noches, Libertad, gracias por quedarte conmigo esta noche. —Besó su nuca y se acurruco aún más.

—Buenas noches, Sandro… te quiero mucho.

—Yo también, mi dulce Libertad, yo también.

Libertad sintió que su pecho ya no podía albergar más alegría, ¡¿cómo no iba a querer a este hombre?! Se sentía como si de pronto su mundo se ampliaba frente a sus ojos. Comprendió que podría estar toda la vida así, estando al lado de Sandro, siendo su compañera, su amiga y amante. Y con ese pensamiento, suavemente se deslizó a un sueño profundo acunada entre los cálidos brazos del amor de su vida.

Capítulo 14

A la mañana siguiente, Libertad despertó desorientada, esa no era su casa, esa no era su cama, lo único que sabía era que el aroma que la rodeaba era el de Sandro, pero él no estaba. Instantáneamente recordó el día anterior, tan intenso y abrumador que no sabía qué hacer con todas las emociones que sentía. Vio la hora en su móvil, eran las siete y media de la mañana.

En ese momento apareció Sandro en el dormitorio, recién bañado y vestido para ir a trabajar. Despertar con esa imagen matutina era un desayuno de campeones para la vista, pensó Libertad. Sandro se veía realmente bien ese día... bueno, él se veía muy, muy, muy bien todos los días.

Se acercó a la cama y besó a Libertad suavemente.

—Buenos días, amor, ¿dormiste bien? —preguntó Sandro sonriendo mientras se sentaba a su lado.

—Como un tronco ¿y tú? —respondió también con una sonrisa.

—Dormí excelente, quedé en coma en cuanto te abracé.

A ambos se les iba a acalambrar la cara si seguían sonriendo como lo hacían, pero no podían evitarlo, dicha era lo que sentían, hacía mucho tiempo que ellos no disfrutaban de tal sentimiento.

Tuvieron un desayuno frugal, y Sandro tuvo que ir a trabajar, no sin antes intentar despedirse de Libertad unas cinco veces. No quería irse, no quería dejarla, pero el deber llamaba y su sueldo lo ganaba trabajando.

Después de que él se marchara Libertad se fue a su casa a preparar su nuevo día, iba a ser largo, muy largo sin Sandro. Cuando entró a su casa su mamá no le dijo ni pio, pero notaba que su hija estaba cambiando, se veía más madura, más determinada. Algo o alguien estaban obrando milagros en Libertad.

El celular de ella vibró, eran sus amigas que empezaban desde temprano a cotorrear por *WhatsApp*, a veces no hablaban por días, pero había otros, en los que se pegaban al menos dos horas conversando, y sobre todo bromeando.

Denisse: *Buenos días, bestias, ¿qué cuentan de nuevo?*

Caro: *Hola, Deni, acá estamos descansando, del turno de noche.*

Grettel: *Hoy me tocó libre ¡yujuuuu! Voy a flojear todo el día.*

Johana: *Voy atrasada al trabajo, corriendo a la velocidad del rayo.*

Paloma: *Paso, joaaoaojoa estoy con resaca sexual.*

Libertad: *Para variar la Palo contando plata frente a los pobres… chicas, estoy pololeando con Sandro.*

Caro: *Perdón, ¿de qué nos perdimos?*

Denisse: *¿A ver?, desde el principio, esto sí que es novedad. Echa afuera, Liber.*

Libertad: *Hace como una semana más o menos, salimos a bailar y él me dijo que no le gustan las relaciones pasajeras, quería algo serio, así que le dije que sí. Él me encanta es un hombre diferente a cualquiera que haya conocido… le quiero mucho.*

Paloma: *¿Cómo es posible que hayas encontrado ese espécimen en extinción? Ahora la mayoría escapa de una relación seria, como si fuera un apocalipsis zombie.*

Libertad: *¿He tenido suerte? No sé… ayer pasé la noche con él.*

Johana: *¿Ya pisaron el palito? Se habían demorado.*

Libertad: *Noooo, eso no ha pasado, estuvimos a punto, pero se apareció el hermano de Sandro en la casa de él.*

Caro: *¿Qué no tenía atados tu mino con su hermano?*

Libertad: *Y los tiene, pero la situación es súper extraña, el hermano de Sandro no pisaba esa casa desde hace quince años.*

Grettel: *Algo muy malo debió pasar para que alguien haga algo así. Ojo al charqui, atenta a eso.*

Libertad: *Todo esto no me huele bien, pero por lo menos no afecta mi buen humor. Sandro y yo vamos súper bien.*

Denisse: *Suerte, Liber, ojalá que con el tiempo no cambie tu Sandro.*

Libertad: *Estoy haciéndole caso a algo que nunca tome en cuenta, a mi instinto, y mi instinto me dice que Sandro es excepcional. Esto es completamente diferente a cualquier relación que haya tenido antes, ni siquiera se acerca a lo que tuve alguna vez con Marcos.*

Grettel: *Definitivamente le pegó fuerte esta vez.*

Paloma: *Se nota que la Liber está feliz, échale pa' delante nomás, que vida hay una sola, es mejor arrepentirse de hacer algo, que arrepentirse de no hacerlo.*

Caro: *Todas te apoyamos Liber, y si ese Sandro osa mandarse una cagada, haremos que parezca un accidente ¡muajajajaja!*

Libertad: *Gracias, son un amor, las quiero. Voy a dormir un par de horas, hoy me levanté temprano y si no duermo un poco más, me desmayaré de sueño. ¡Bye a todas!*

Libertad silenció su celular y fue a dormir un rato antes de tener que partir a su trabajo. Estaban pasando muchas cosas, muy rápidas y muy profundas, pero estaba llena de vida, como nunca en sus veinticinco años de existencia.

Durmió una siesta feliz.

Tal como pensó ella esa mañana, aquel día resultó ser muy extenso. El turno de tarde-noche era el peor, detestaba caminar sola de noche desde que la asaltaron. Iba avanzando a paso veloz de regreso a su hogar, y la silueta de un hombre le llamó la atención. Automáticamente pensó que era Sandro y aceleró el tranco para encontrarse con él. A medida que avanzaba notó que aquel hombre fumaba, y eso le hizo subir la guardia, ella sabía que Sandro no fumaba. Bajó el ritmo de su caminata y se puso alerta, algo le decía que la cosa iba a complicarse.

El hombre caminó a su encuentro saliendo de la penumbra y Libertad descubrió que era Ángel, cautelosa siguió avanzando hasta que se cruzaron, por un segundo pensó que fue coincidencia y cuando pasó por su lado, Ángel tomó su muñeca firmemente.

—¿Pero qué haces? —increpó Libertad asustada.

—No temas, no te haré daño… debo hablar contigo. —dijo Ángel tranquilamente, soltándole la muñeca con suavidad.

—¿Conmigo? Yo no tengo vela en este entierro, no tengo nada que ver contigo, y tú no me conoces de nada.

—Sí que te conozco, en esta villa no se mueve una piedra sin que yo lo sepa… te juro que vengo en son de paz.

¡Maldita sea! Ángel infeliz era tan parecido a Sandro, ella sentía que de algún modo podía confiar en él, no había nada agresivo en su forma de ser, al contrario, estaba visiblemente preocupado.

—Ok, ok… ¿Qué es lo que quieres de mí?

—Que seas mi mensajera.

—¿No tienes un ejército de *zombies* para ello? —dijo Libertad sarcásticamente.

—Necesito que le des un mensaje a Alessandro.

—A «Sandro» dirás tú, odia que le digas así.

—Me gusta molestarlo… lo que necesito decirte no puede ser escuchado por nadie… acompáñame a mi auto por favor.

Lo misterioso viene de familia, pensó Libertad. Aceptó ir con él al automóvil que había cerca, el cual era bastante corriente, un Toyota Yaris de color negro, nada ostentoso que indicara que su dueño era el rey de la pasta base. Lo único peculiar eran los vidrios polarizados.

Entraron ambos al asiento trasero y Ángel dio la señal de partir a su chofer.

—Ya, estoy aquí, ahora dame el bendito mensaje —presionó impaciente.

—Espera un momento, hablaremos en otra parte… Nadie debe oírnos —argumentó mirando de reojo a su chofer. Ángel no confiaba en nadie

Se mantuvieron en silencio durante todo el recorrido en auto, hasta que llegaron a un sitio eriazo. El lugar le dio mala espina a Libertad y se mantuvo atenta. Estaban en el medio de la nada. Ángel le dio la señal al chofer para que se fuera y los dejara solos.

Ese peladero era un lugar oscuro y sucio, había olor a algún animal muerto, era repulsivo ese hedor. Ángel sí que tenía estilo para las conversaciones serias, privadas y trascendentales. Podríamos definir su gusto con el término espeluznante y tenebroso.

—¿Y bien? ¿Por qué me trajiste aquí? ¿Por qué yo y no tu hermano? —inquirió, el olor ya la tenía enferma.

—Como pudiste ver anoche, Sandro no me quiere ver ni en pintura, y no lo culpo… desde que murió la Noni lo poco y nada que hablaba conmigo se redujo a cero. Tú eres su *kryptonita* y solo a ti te escuchará… El asunto es que estoy en una situación, digamos complicada, y todo es por culpa de tu ex.

—¿Qué tiene que ver el idiota de Marcos en todo esto? —preguntó intrigada y molesta, «maldito Marcos, ¿qué estupidez hizo ahora?», pensó irritada—. Sé más claro.

—Resumiendo, ese retrasado mental está a punto de arruinar mis planes de jubilación y como *bonus track*, va a provocar una verdadera catástrofe de proporciones apocalípticas sobre mucha gente inocente.

—Explícame mejor porque no entiendo nada de lo que me has dicho.

Ángel se pellizcó el puente de la nariz, todo era tan complejo de explicar, no hallaba por dónde empezar. Se tomó un par de segundos para ordenar sus ideas y comenzó a relatar.

—Marcos como cualquier vecino con memoria sabe que Sandro y yo somos hermanos.

—Pero si él no reconoció a Sandro la otra vez —comentó convencida.

—Era cuestión de tiempo que recordara. Sandro antes frecuentaba un salón de pool y ahí conoció a Marcos, alias «El *Camboyano* Silva», hace unos años… No sé qué le hicieron ustedes a ese imbécil, pero quiere su pequeña *vendetta*. Descubrió que Sandro es de la BRICO y se lo quiere cagar a cualquier precio.

—¿Tú sabías que Sandro está en la PDI? —dijo Libertad, completamente incrédula, no podía ser.

—Siempre lo he sabido, ya te lo dije, en esta villa no se mueve una piedra sin que yo lo sepa —aseveró con seriedad, y era cierto. Ángel debía conocer todo de todos, su negocio se basaba en conocer las debilidades de las personas.

—Imposible… —Ella no lo podía creer, es que era inverosímil todo esto. Tanto esfuerzo de Sandro en vano para ocultar su profesión, qué pérdida de energía. Inmediatamente otra duda la asaltó y le preguntó a Ángel—: ¿Cómo se habrá enterado Marcos de que Sandro es detective? Él es muy cauto y cuida mucho su vida privada. No quería que nadie se enterase de su trabajo, y mucho menos tú —acusó recelosa.

—Probablemente Marcos se tomó la molestia de seguirlo y luego ató cabos. No es tan difícil si uno se lo propone, así lo descubrí yo. —Ángel miró a los ojos a Libertad, veía que ella todavía desconfiaba de él—. Sandro es mi hermano, pero no voy a perjudicarlo por la profesión que ha escogido. —Se quedó unos segundos en silencio, pensando en cómo retomar el relato, debía revelar mucho de sus secretos, pero no tenía otra alternativa—... Bien, volviendo al asunto que nos convoca, lo que te voy a contar es literalmente una bomba de tiempo. Esto debe ser un absoluto secreto, nadie, pero nadie debe enterarse. —Ángel inspiró profundamente para relajarse y tomar el control que de a poco se le escapaba. No sabía a ciencia cierta, si la mujer que tenía al frente era lo suficientemente fuerte para afrontar lo que se avecinaba—. Hace unos cinco años comencé a hacer unos negocios importantes, unos bien grandes. Hice conexión con Europa... Italia para ser más específico.

—¿Italia?, ¿tu abuela no era de allá?

—Sí, ella llegó a este país de polizón en un buque de carga cuando tenía quince años escapando de la mafia calabresa. Ellos masacraron a todo su árbol genealógico en unas horas, y cuando digo que los mataron a todos, quiero decir a todos. A la Noni solo la salvó el entretecho de su casa...

—Qué horror, pobrecita. —Libertad de verdad admiraba a la abuela de Ángel y Sandro, la señora Gloria fue extremadamente valiente y tenaz como para venir siendo una niña, a un país que estaba al final del mundo. La historia de la abuela de ambos no tenía nada que envidiarle a una novela de Mario Puzo.

—Volviendo a nuestro relato —prosiguió—. El negocio iba viento en popa, hasta que me di cuenta demasiado tarde de que estaba tratando con la misma gente que mató a la familia de la Noni. La nueva generación de calabreses es peor que la de hace más de medio siglo y tiene sus conexiones por todas partes... Tengo una hija, ¿sabes?, se llama Gloria y no quiero repetir la historia. He estado colaborando con la PDI durante los últimos cuatro años para desarticular todo esto, largarme lejos de aquí con mi mujer y mi hija. Quiero desaparecer, tener otro nombre y otra vida, hacer lo que sea para salir de esto.

—Todavía no entiendo que tiene que ver Marcos en todo esto —puntualizó Libertad, todavía no comprendía qué pito tocaba él en todo lo que le contaba Ángel.

—Ya llegaré a eso, te pido un poco paciencia, por favor… Esta operación de la PDI la conocen solo unos cuantos. Marcos está tan enojado con ustedes que no se le ocurrió nada mejor que «informarme» la profesión de Sandro. Tal vez pretendía que me lo cargara. Pero no tuvo los resultados que esperaba, así que descubrió que era más provechoso extorsionarme. Me amenazó con enviar esta información a la prensa si yo no le pagaba cinco millones de pesos.

—¿Y le pagaste esa cantidad de dinero?

—Por supuesto, el problema es que Marcos se volvió ambicioso. Ahora quiere más y no va a dejar de pedir dinero cada vez que se le antoje, él cree que soy su maldita gallina de los huevos de oro. Si la historia de que, «El Rucio», rey de la pasta base, es hermano de un detective de la BRICO, llega a oídos de la prensa o a los de un detective corrupto, solo será cuestión de tiempo que me descubran los de la mafia, y tú, tu familia, Sandro, mi familia y mucha gente más saldrán perjudicados. Ellos no dejan cabos sueltos, ellos limpian todo. Si ellos se dan cuenta de que los he traicionado se lo cobraran de la peor manera que puedas imaginar.

—¡Por Dios, esto no puede estar sucediendo!, ¡es una pesadilla todo esto! —Libertad estaba en shock, Marcos era un infeliz desgraciado, por eso no había insistido en llamarla más. Ese maldito estaba dispuesto a todo por separarla de Sandro, y lo odió por ello—. ¿Qué haremos?

—Hay que eliminar sus pruebas, porque las tiene, y silenciarlo.

—No pensarás en matarlo —dijo Libertad temiendo lo peor.

—Soy mucho mejor que eso, por eso te traje hasta aquí para hablar. Cuéntale todo a Sandro, a ti te escuchará. Necesito su ayuda, no es una situación fácil para manejarla yo solo y solo confío en él.

—Yo no sé qué decir, esto es una locura.

—Una locura sería dejar que el imbécil de Marcos nos hunda —declaró firme.

Libertad estaba impactada, en realidad no hay una palabra en el idioma español que pueda describir su estado. Marcos tenía la vida de ellos en sus manos y ni siquiera era consciente de ello. Imbécil.

Ángel llamó al chofer para que trajera el auto de vuelta y regresar pronto a la villa. El trayecto fue silencioso y tenso. El automóvil se detuvo a las afueras de la casa de Sandro. Había luz en el interior, se notaba en las ventanas iluminadas, él ya estaba en casa. Libertad debía hablar con Sandro inmediatamente, no había tiempo que perder. Se bajó del automóvil y se encaminó hacia la puerta principal de la casa.

—Libertad, una cosa más —dijo Ángel desde la ventanilla del vehículo, antes de que Libertad entrara.

Ella dio un respingo y se volteó para escuchar atentamente, Dios, ella estaba tan nerviosa y alterada.

—Esta es mi tarjeta ahí está mi número de móvil, Sandro no lo tiene, entrégaselo si logras que te escuche. —Ángel le pasó una tarjeta en blanco, Libertad la miró por ambos lados con curiosidad—. No te preocupes, él sabrá como leerla.

—Gracias, buenas noches.

—Suerte y gracias a ti por tu tiempo.

Ángel se marchó raudo y Libertad quedó en frente de la puerta de la casa de Sandro, lista para enfrentar la difícil tarea que tenía por delante.

Inspiró profundo, y golpeó la puerta.

Capítulo 15

Sandro estaba escuchando música sentado en el sofá de la sala de estar de su casa. El equipo de audio reproducía el *Unplugged* de Soda Stereo, era uno de sus discos favoritos, tarareaba suavemente las canciones, lo hacía con los ojos cerrados, relajado.

Alguien golpeó su puerta, miró el reloj mural de la habitación, era la una de la madrugada.

—¿Quién será a esta hora? —murmuró extrañado, hacía muchos años que nadie golpeaba la puerta de su casa tan tarde.

Abrió la puerta cautelosamente, y para su sorpresa era Libertad quien llamaba, al instante se dio cuenta de que algo malo sucedía. El miedo que reflejaba el rostro de ella no pasaba desapercibido. Libertad intentaba estar calmada, pero no podía controlar sus emociones que la desbordaban por completo.

—Libertad, amor, ¿qué te pasó? —preguntó preocupado al mismo tiempo que la hizo entrar a la casa. Estaba frenético, ella no decía nada.

—Por favor dime algo, ¿qué sucede?

—Ángel... —Por fin ella fue capaz de reaccionar y articular palabras y fue lo primero que dijo.

—¡¿Qué te hizo ese malnacido?! —Sandro estaba como loco, se puso a ver a Libertad por todas partes para ver si le habían hecho algo.

—Por favor tranquilízate, no me ha hecho daño. —Libertad intentó tomarle las manos, pero se le escurrían cada vez que lo intentaba—. Te suplico que me escuches… cálmate, amor, estoy bien… necesito… es imperativo que te serenes y pongas atención, mi vida.

—No estaba resultando ser suave y considerada, él estaba como loco.

—¿Cómo quieres que me calme si tu cara dice otra cosa? —preguntó frustrado—. ¡Lo voy a matar!

—¡Escúchame de una vez o todo se va al carajo! —ordenó Libertad firme y sin dar derecho a réplica.

Sandro enmudeció, se sentó en el sofá, Libertad tomó el control de la situación y comenzó a relatarle todo lo que sucedió esa noche, no perdió detalle alguno. El rostro de Sandro pasaba de la incredulidad, a la sorpresa, y luego a la ira y volvía a la incredulidad. Era imposible lo que oía, ¡es que simplemente no podía ser!

Una vez que Libertad terminó su relato, se sintió mucho más serena, al contrario de Sandro que estaba totalmente conmocionado. Todo por lo que había luchado, todo lo que amaba podía desaparecer. Maldijo a Ángel y maldijo cien veces más a Marcos.

Libertad le entregó la tarjeta en blanco a Sandro, quien la revisó por ambos lados. Una leve sonrisa nostálgica apareció en sus labios.

—Dijo que sabrías leerla.

—Y sé cómo hacerlo, lo que me sorprende es que aún sigue usando ese truco viejo.

—Ángel me comentó que ahí está su número para que lo contactes.

—Bueno, no tengo alternativa, lo único que me motiva para hacer esto eres tú y mi recién descubierta sobrina. Llamaré a Ángel ahora.

Sandro se levantó de su asiento y se dirigió a la cocina. Libertad lo siguió, él encendió un fósforo y pasó la llama por la superficie de la tarjeta sin quemarla. Como por arte de magia (en realidad fue por el cambio de temperatura), aparecieron los números, Sandro los digitó en su móvil y llamó. Su hermano contestó al instante.

—¿Ángel?... Sí, soy yo… ¿Mañana? Sí, no hay problema… ¿Dónde?... Lógico que se dónde está, todo el mundo lo sabe… A las ocho de la mañana… Sabes que no llegaré tarde, no seas majadero… Está bien… ¡Que sí voy a llegar a la hora!… Por favor deja de joder la pita, ahí estaré, adiós.

Libertad estaba que se la comía la curiosidad para saber más, aunque era un poco obvio lo que había hablado Sandro con su hermano.

—¿Y bien, qué vamos a hacer? —preguntó ansiosa por la respuesta de Sandro.

—Mañana hablaremos él y yo. Te contaré todo a mi regreso. Ojalá se nos ocurra algo mejor que matarlo. Si no tenemos alternativa, lo haré yo mismo —expresó con determinación y sangre fría.

—¿Estas bromeando, no? —preguntó temerosa, Sandro era un hombre de armas tomar, pero esto era demasiado.

—Cuando se trata de tu vida no voy a escatimar en sacrificios —argumentó serio y decidido.

—¡¿Estás loco?! No puedes hacer eso.

—Y no quiero hacerlo, ojalá que no tengamos que llegar tan lejos… esto es demencial.

Libertad abrazó a Sandro fuertemente, no quería que las cosas salieran mal. Tenía pánico ante la idea de perderlo, y esa no era una posibilidad tan remota.

—No quiero que te pase nada, Sandro, tengo mucho miedo.

—Si silenciamos a Marcos y destruimos sus pruebas no pasará nada. Todo se solucionará, Ángel y yo hallaremos una forma… Ahora no se me ocurre nada, pero ya lo resolveremos. —Él intentó serenar a Libertad con estas palabras. Sandro también sentía miedo, pero por ella haría lo que sea, incluso mancharse las manos con sangre.

Libertad miró a Sandro a los ojos, se perdió en sus iris castaños y se dio cuenta de que amaba profundamente a ese hombre, estaba segura de ello. Toda la situación a la que ambos estaban siendo sometidos, le dio a ella el último empujón para sincerarse consigo misma y entregarse a los maravillosos sentimientos que sentía por él.

Estaban viviendo una relación tan extraordinaria, atípica y hermosa, y de pronto todo se ensuciaba por la causa más inverosímil que podían imaginar. Ella sentía el cuerpo inundado de adrenalina, tenía que tranquilizar su espíritu, tenía que sentir a Sandro a su lado, sentir su cuerpo y saber que estaban vivos y no con la incertidumbre de tener los días contados.

Sintió la apremiante necesidad de entregarle su cuerpo y su alma a ese hombre que estaba dispuesto a todo por ella y por su relación. Él no era de los que huía, él se enfrentaría a todos los retos que la vida le ponía.

—Bésame, Sandro, necesito sentirte —pidió Libertad con una voz anhelante de contacto, llena de necesidad.

Él al escuchar su voz y su súplica obedeció al instante, la besó como si no la fuera a ver jamás. Porque literalmente era así. Devoró su boca ferozmente como si fuera una deliciosa fruta dulce y madura, engulló sus gemidos de deleite ante aquella demostración de lo que podían llegar a ser sus cuerpos fusionados.

Con la respiración agitada y entrecortada intentaban oxigenar sus pulmones, el aire faltaba, el calor que surgía entre ellos solo podía aplacarse de una sola manera.

No dijeron una sola palabra, sabían lo que deseaban en ese momento, no querían aplazar más su unión. Sandro levantó a Libertad en brazos y ella rodeó sus caderas con sus piernas, y la condujo a su dormitorio mientras se besaban desenfrenadamente. Nada ni nadie iba a impedir que esta noche se marcaran a fuego mutuamente.

Él recostó a Libertad en su cama con delicadeza. Su diosa codiciosa de placer apareció ante sus ojos nuevamente, sus labios inflamados y carnosos lo invitaban a asolarlos nuevamente con sus besos, su rostro teñido de rubor, su mirada fija en él esperando su próximo movimiento.

—Te quiero ver desnuda, mi dulce Libertad, déjame descubrir cómo te abres para mí. —La voz grave y excitada de Sandro removió las entrañas de ella, su cuerpo respondía como si de un instrumento se tratara.

Ceremoniosamente, él gravitó sobre ella y empezó a desabotonar su blusa. Con cada centímetro que se abría, descubría parte de su blanca piel, tersa y suave. Cuando todos los botones fueron liberados, rozó el vientre de Libertad con sus nudillos y luego terminó de quitar la prenda para posteriormente dejarla caer al suelo, formando un charco de algodón blanco.

Regó su cuerpo de besos mientras quitaba el sostén con facilidad. Acarició sus pechos desnudos suavemente para luego llenarse las manos de ellos. Libertad se estremecía, todo su cuerpo despertaba con el toque del tacto de Sandro, sus pezones emergieron duros como guijarros, preparados para ser atormentados por la lengua caliente y húmeda de él.

Sandro la adoró, recorrió sus montes hasta dejar la piel de ella sensible a cada roce. Sus dedos siguieron viajando hacia el sur de su geografía femenina y se detuvo en el botón de sus pantalones. Aquella prenda no opuso resistencia y fue retirada con destreza junto con sus sandalias, dejando a su paso la visión de las piernas de Libertad suaves y torneadas.

Millones de besos desperdigó desde los pies hasta los muslos, tomándose su tiempo en la cara interna de ellos. Lamió su piel y probó su sabor, era maravillosa, él estaba tan cerca de su humedad, cubierta tan solo con solo una diminuta pieza de ropa interior, podía aspirar el adictivo aroma femenino de Libertad. Sus pulmones se llenaban de la fragancia de la excitación de ella y alimentaban la suya propia.

Ascendió levemente y sobre la tela de la tanga, mordió su monte de venus lo suficiente para no causarle dolor. Ella sintió el aliento cálido de Sandro entre sus piernas, la hizo gemir y suspirar de anticipación.

Estaba totalmente empapada por él, su cuerpo gritaba furiosamente para ser poseído.

Sandro aún vestido acariciaba ligera y sensualmente las sinuosas curvas de Libertad, como si quisiera memorizar cada milímetro de su piel. Sus manos peregrinaron hasta la última y única barrera que le impedía ver a su amada completamente desnuda, la quitó lentamente, erizando toda su piel a su paso.

Sorpresivamente Sandro se levantó y se quedó a los pies de la cama contemplando aquella escena. Libertad totalmente despojada de su ropa, sobre su cama, excitada y lista para recibirlo.

—Te ves hermosa, eres perfecta, Libertad.

Ella nunca había estado tan absolutamente abierta y expuesta ante un hombre, no de esa manera, tan íntima y cómplice, y ninguno le había prodigado tanto amor y veneración. Sentía que él podía leerla y darle todo lo que ella deseara y ella a su vez podía entregarse a Sandro sin reservas, sin titubear y sin límites.

Sandro comenzó a quitarse la camisa revelando un torso fuerte y masculino, sus músculos se marcaban, estiraban y contraían con cada movimiento. Era sin duda, el cuerpo de un hombre maduro, vigoroso y atlético.

Libertad se lo comía con la mirada, estaba hambrienta de él. Tragó saliva al ver cómo se quitaba el pantalón y la ropa interior de una sola vez. Ante ella emergía su erección pesada, potente y orgullosa. Ella volvió a tragar saliva, él definitivamente era una escultura de Apolo de carne y hueso, y lo mejor de todo, es que él le pertenecía por completo.

Sandro se acercó a Libertad seguro e implacable. Se montó a horcajadas sobre ella y con una mano tomó sus muñecas por sobre su cabeza. El interior de ella se contrajo al sentir el roce tibio de los tensos testículos de él sobre su vientre. Con la mano que tenía libre tomó su miembro, y con él, acarició los pechos firmes de Libertad, ella sentía su glande terso y caliente sobre sus areolas, sobre sus pezones anhelantes y sensibles. Sentía como se flexionaban las piernas de Sandro al moverse cada vez que su pene rozaba sus senos.

Ella estaba llegando a su límite, deseaba ser penetrada desesperadamente, deseaba tener a Sandro embistiendo entre sus piernas. Su clítoris rogaba por ser tocado, ella solo quería estallar y él no la dejaba. Sandro estaba dominando por completo el ambiente cargado de erotismo y sensualidad.

—¿Qué es lo que quieres, Libertad?, ¿me quieres dentro de ti? —preguntó Sandro con voz profunda y cruda, y a la vez pletórica de amor, él estaba casi irreconocible—, ¿quieres que te llene por completo? —Maliciosa y eróticamente, mientras le preguntaba, él seguía atormentado a Libertad usando su miembro como un arma de tortura carnal. La suavidad, el calor, el aroma de su sexo que se frotaba contra su piel, la tenían esclavizada.

—Dentro de mí… lléname, penétrame. Hazlo ahora, por favor… no resisto más —ella imploró.

—Como ordenes, mi dulce Libertad.

Sandro soltó las muñecas de ella, y como si fuera un alfarero, contorneó con sus manos la silueta de su amada y encendió su piel aún más.

Se situó entre las piernas de Libertad y las abrió exhibiendo su carne húmeda y resbaladiza. La observó unos segundos lamiéndose los labios, estaba embelesado por aquella visión. Empapó la punta roma y carnosa de su longitud acariciando el clítoris de ella, quien siseó al sentir ese primer contacto tan deseado, sentía que estaba cerca, muy cerca de romperse en millones de esquirlas de placer.

Libertad contempló cómo Sandro rasgaba el envase de un preservativo y se lo colocaba con habilidad, ya era inminente el momento que tanto deseaba. Sintió como él comenzaba a entrar lento y decidido, y su interior se abría para darle la bienvenida.

Sandro respiraba agitado, Libertad lo estaba sometiendo a un exquisito tormento con su suavidad estrecha y empapada. La penetró hasta el fondo, esperó un instante para sosegarse y comenzó a moverse en un vaivén constante. Quería alargar ese momento lo máximo posible. Quería que ella disfrutara, y vaya que lo hacía. Libertad gemía cada vez que sus cuerpos se encontraban.

Las acometidas de Sandro tocaban su punto de placer con tanta precisión que la llevaba cada vez más cerca de un orgasmo poderoso, como nunca había sentido antes.

Libertad levantó sus caderas para tenerlo aún más adentro, más profundo. Sus manos codiciosas recorrían el maravilloso cuerpo de Sandro, y luego se anclaron en las nalgas de él con firmeza. Dios, se sentía tan bien, tan fuerte. Estaba cerca, tan cerca, solo un poco más, y podría liberarse y volar.

—¡Más fuerte, Sandro! Más fuerte, hazlo más fuerte —demandó Libertad impúdicamente.

Sandro sentía cómo se construía el orgasmo de ella en su interior. Una ola de calor líquido lo envolvió y las paredes internas de ella se contraían apresándolo. Comenzó a embestirla con dureza y brío, siguiendo el compás del deseo de ella. El aroma lúbrico de sus sexos, el sonido de los gemidos y suspiros de Libertad, lo impulsaban a resistir para que ella alcanzara el cielo antes que él.

—Hazlo, Libertad, déjate llevar... te siento, estás lista... dámelo.

La orden descarnada de Sandro catapultó a Libertad a un orgasmo que la arrasó como un huracán. Su piel se enfrió y calentó en partes iguales, enterró sus uñas en la carne de su hombre y gritó. Su cuerpo no podía contener el torrente de éxtasis que la colmó, no sabía dónde comenzaba y dónde terminaba esa sensación de plenitud, solo sabía que esa delicia no terminaba nunca. Sus caderas habían cobrado vida propia y seguía empalándose contra Sandro para obtener hasta la última gota de placer, el cual apenas remitía con el paso de los segundos.

Él aguantó estoico aquel orgasmo devastador y contuvo su propio disfrute, solo por absorber la imagen de Libertad desnuda, agitada y satisfecha.

—Estoy exhausta… me mataste, Sandro, ha sido… nunca he sentido algo parecido —manifestó Libertad agotada y colmada de sensaciones nuevas.

—Esto todavía no termina, quiero ver si me puedes dar otro más —replicó ambicioso. Quería verla perdida en el éxtasis de nuevo, se había vuelto adicto a ello.

—No sé si me da el cuerpo… ha sido demoledor.

—Hay que intentarlo —dijo optimista y cautivador, y Libertad no se pudo negar al deleite que él le ofrecía.

Sandro se sentó en la cama y apoyó su espalda en la cabecera. Ella se colocó sobre el miembro de él y se lo introdujo suavemente. El cambio de posición potenció los sentidos de Libertad, ella era la que mandaba ahora. Inició su danza voluptuosa moviendo su pelvis a un ritmo cadencioso, continúo y potente. Su cuerpo despertó nuevamente y volvió a la vida.

Sandro succionaba sus pechos y los amasaba hambiento, adoraba tener las manos rebosantes de su carne suave y firme. Ella lo estaba volviendo loco, no aguantaría mucho más tiempo, ahora que ella era quien lo martirizaba. Sus manos descendieron hasta el trasero de Libertad y lo apretó fuertemente. La presión de los dedos incrustados en ella, la elevó nuevamente para dejarla caer en un pozo de gozo una vez más.

Sandro ya no resistía, también comenzó a moverse al mismo compás que ella le imponía. La fuerza de su balanceo sincronizado a la perfección y la velocidad que cada vez era más vehemente, los estaba llevando inexorablemente a un orgasmo sin precedentes. Libertad jadeaba, Sandro murmuraba carnal y grave. El placer que ambos sentían era inenarrable.

—Sandro… eres mío, solo mío.

—Tuyo, de nadie más… te amo, Libertad, te amo.

Al tiempo que él pronunciaba aquellas palabras de amor, ambos alcanzaron el paraíso, el éxtasis los envolvió en su manto cálido que se extendió por sus cuerpos. Sandro aprisionó las caderas de Libertad mientras expulsaba su simiente a borbotones. Ella gimoteaba extasiada intentando retener un poco más el placer que lentamente la iba abandonando, dejando una estela de paz y satisfacción.

Se quedaron quietos mucho tiempo respirando aceleradamente. La huella que les dejó aquel acto de entrega fue permanente, ellos encajaban a la perfección, estaban hechos el uno para el otro.

«Mi Libertad es una mujer increíble», pensó Sandro, no era una florecilla frágil, era una leona que cuando tomaba el control, era capaz de llevarlo a límites desconocidos de placer. Las carnales posibilidades con ella eran incalculables, solo el cielo sería la última frontera.

Libertad estaba anonadada, ese hombre que tenía entre sus piernas, le brindó los dos orgasmos más increíbles de su vida, y ese hombre era su hombre. Sandro estaba con ella al cien porciento, él la amaba, la protegía, la poseía y la dejaba poseer. Ella no volvería a conocer a un hombre así de peculiar y no lo dejaría escapar nunca.

—¿Estás bien, mi dulce Libertad? —preguntó Sandro mientras acariciaba suavemente la espalda de ella.

—Sí, nunca me había sentido mejor en mi vida.

—Eres maravillosa, tu cuerpo es muy sensible, fue hecho para hacer el amor… fuiste hecha para mí.

Libertad estaba agotada, ya no tenía ni una sola reserva de energía, Sandro se encontraba en las mismas condiciones. Sus cuerpos debieron separarse, pues el cansancio les estaba ganando la batalla. Necesitaban descansar, estaban saciados, felices, y a la vez, la incertidumbre comenzó a asomar su horrenda cabeza.

No sabían que podría traer el amanecer del próximo día, lo único que sabían, era que el sol los encontraría juntos.

Capítulo 16

Libertad despertó desorientada (nuevamente) esa no era su casa, esa no era su cama, lo único que sabía era que el aroma que la rodeaba era el de Sandro, pero él no estaba. Se dio cuenta de que se encontraba desnuda, y que sentía adoloridos los músculos de las piernas y un leve ardor en sus partes nobles. En ese preciso momento volvieron a su memoria todos los sucesos del día anterior, no sabía si saltar de felicidad o poner cara de funeral. Toda la situación era malditamente desconcertante y contradictoria.

En esa disyuntiva estaba cuando entró Sandro completamente desnudo, paseándose como Pedro por su casa, (porque literalmente era su casa) y se sentó al lado de Libertad, tomó su mentón y la besó.

—Buenos días, ¿dormiste bien, bella durmiente?

—Siento como si hubiera dormido solo tres minutos. ¿Qué hora es?

—Las siete de la mañana, en un rato tendré que salir para reunirme con Ángel —informó.

—De veras que tienes ese compromiso, ten cuidado por favor —pidió con preocupación.

—Lo tendré. —Acarició su mejilla para calmarla, no le gustaba ver el miedo reflejado en sus ojos—… Bien, tengo que ir a bañarme, ¿me acompañas?

La idea era tentadora y seducía completamente a Libertad pero…

—Si me baño contigo saldremos a las diez de la mañana del agua. Tendremos que esperar esta vez, ya te daré tu cuota orgásmica cuando vuelvas. —Y le guiñó el ojo con coquetería.

—Solo porque tienes razón no insistiré… En otras circunstancias, en este instante ya te tendría empotrada contra la pared. —Sandro sonrió perversamente y se levantó de la cama.

—Eres malo, plantas ideas malvadas en mi cabeza. —Libertad bostezó sin rastro de vergüenza—. Mientras vas a lo de Ángel yo dormiré un rato más, de verdad me dejaste buena para nada.

—No escuché quejas anoche… —Sandro replicó con suficiencia desde el umbral de la puerta—. Descansa, mi dulce Libertad —susurró mientras salía del dormitorio.

Rápidamente ella volvió a dormirse, en realidad aún se sentía sin fuerzas para levantarse, estaba extenuada. Sandro se dio una ducha rápida y cuando entró de nuevo al dormitorio, lo hizo en silencio para no perturbar el sueño de su amada. Se vistió con sigilo, ella se veía tan serena y angelical. Definitivamente Libertad era preciosa, pensó Sandro, y mientras la miraba, sentía como su pecho se atiborraba de amor por aquella mujer que sin quererlo, había cambiado su vida por completo. Se despidió de ella besando suavemente su sien y se fue de la habitación sin hacer ruido.

Sandro llegó al lugar acordado puntualmente (como siempre), a las ocho de la mañana. Ahí estaba Ángel esperándolo, fumando un cigarro frente al sector de los nichos. Miraba impasible y sarcástico, una imponente estatua de un ángel.

—¿Por qué estamos aquí, Ángel? —preguntó Sandro mirando la misma estatua que su hermano.

—Es un lugar discreto, silencioso y me pareció irónicamente ideal —argumentó esbozando una sonrisa, en el fondo estaba contento por volver a hablar con su hermano.

—El Cementerio General no es un lugar muy alentador. Tu sentido del humor no ha cambiado en nada, sigue siendo tenebroso.

—Es un lugar con mucha historia y arte, es un museo en honor a la muerte y a la vida.

—No te pongas filosofo-poeta que no te pega para nada, y vamos al grano, cuéntame que tienes en mente...

Conversaron largo y tendido, idearon un plan que prácticamente no tenía fallos, pero si se cometía tan solo un error, todo se iría a cualquier parte menos a buen puerto. Sandro tenía sus reparos en la ejecución del «proyecto», pero al fin y al cabo, concordó en que tenía que hacer unos sacrificios para asegurar el éxito de la empresa.

Ellos, a pesar de lo que habían vivido, aún se entendían. Sus ideas eran parecidas y coincidían en todo. A medida que pasaban las horas, Sandro sentía que ya no era tan grande el abismo que los separaba, su hermano era el mismo de siempre.

Sandro volvió a su casa al mediodía. Al entrar sintió el aroma del café de grano, y su estómago le recordó que aún no había consumido alimento alguno. Ingresó a la cocina y vio a Libertad vistiendo una camiseta de él. Ella estaba preparando desayuno concentrada en su tarea y no se dio cuenta de que él estaba observándola... en teoría.

—Sé que estás ahí, acabo de sentir tu olor —acusó Libertad sin voltearse y sin inmutarse de la presencia de Sandro.

—¿Cómo es posible que sientas mi olor? —interrogó él mientras la abrazaba por detrás y le besaba el cuello.

—Te reconocería entre millones de personas, tu aroma es único, y no lo digo por tu perfume, he sentido esa fragancia antes, pero en ti se siente totalmente diferente.

—¿Ah sí? Mira tú ah, no sabía que entre todas tus cualidades, también tienes olfato de sabueso.

—Tengo muchos talentos que todavía no has descubierto, mi querido Sandro.

—Mmmmm, ¿tienes talento para hacer acrobacias en la cocina?

—¿Acrobacias?

Sandro giró a Libertad para poder tenerla frente a él y comenzó a devorarla con un beso que podría hacer arder en llamas a todo Santiago. Sus lenguas se buscaban y se acariciaban con avidez mientras sus cuerpos sentían nuevamente la urgencia de un contacto más directo y carnal.

Nunca iban a tener suficiente el uno del otro, siempre querían más. Libertad comenzó a desabrochar el cinturón de él para poder abrir sus pantalones, y solo se demoró diez segundos en lograr su objetivo. Intentó liberar la imponente erección de Sandro, pero él se lo impidió levantándola y sentándola en un mueble de la cocina. Aunque le hubiera encantado sentir las manos de ella aprisionando su dureza, él tenía en mente probar primero un bocado mucho más sabroso. Moría por hacerlo.

Se arrodilló ante ella y le abrió las piernas, con sus dedos recorrió su carne inflamada y dispuesta. Miró hacia arriba y se encontró con los verdes y felinos ojos de Libertad que lo miraban fijo. Sandro sonrió y levantó una ceja con perversidad y dijo…

—Veo que hiciste unos retoques por aquí, anoche no estaba así el paisaje. —Repasó con su dedo índice el sexo recientemente depilado de Libertad, y luego succionó la humedad que había quedado impregnada en él.

La velocidad de la respiración de Libertad se tornó desbocada. Estaba en una situación sumamente erótica de tener a tremendo hombre arrodillado frente a ella, con la clara intención de darse un festín con su cuerpo.

—Supuse que te gustaría, lo hice para ti —confesó Libertad ansiosa por la expectativa de lo que Sandro le diría.

—Mi niña preciosa, no hagas cosas así por mí, hazlas por ti. Si a ti te gusta y lo encuentras placentero, entonces hazlo. Tú me complaces de muchas otras maneras que no imaginas. Estar dentro de ti y sentir cómo te deshaces de placer en mis brazos, es el cielo en la tierra para mí.

—¡Oh, Sandro!, ¿por qué no te conocí antes?, mi vida sería tan diferente ahora… Te amo —declaró ella conmovida, se sentía amada y apreciada por él sin importar nada.

—Yo también, mi dulce Libertad… Ahora, vamos a ver qué sabor tienes.

Sandro se sumergió en ella, con suavidad y languidez lamía cada recoveco de su sedosa feminidad. Lentamente iba aumentando la presión de su lengua en su sexo que se volvía más caliente y mojado. Libertad gemía y ronroneaba mientras acariciaba el cabello de él.

Sandro enterraba las yemas de sus dedos en la piel de los muslos de Libertad, como si se estuviera asegurando de que ella era real. La lengua de Sandro comenzó a penetrarla y lamerla, la degustaba lentamente una y otra vez. Libertad se retorcía de placer y desesperación. En el instante en que sintió los dedos de Sandro en su interior, ahogó un grito mientras sus músculos internos intentaban apresar aquellas falanges antes de que abandonaran su cálido centro lentamente.

Sandro continuó jugando con sus dedos penetrando a Libertad, entraba y salía con un ritmo constante y decadente, mientras que succionaba su clítoris al mismo tiempo que sus dedos entraban y salían de ella.

—Por favor… no sigas así… estoy desesperada —dijo Liberad con un susurro jadeante y entrecortado.

—¿Quieres más? —preguntó él mientras introducía sus dedos con más firmeza en la tierna carne de ella.

—Así… más duro… más fuerte. Necesito…

Si había algo que volvía loco a Sandro era cuando salían de la boca de Libertad, las palabras «más», «duro» y «fuerte» en la misma oración. Se irguió en dos segundos, sacó de su bolsillo un preservativo y enfundó su miembro para unirse a ella. Acercó a Libertad hacia él tomándola por las nalgas y la penetró de una sola vez.

Sandro comenzó a moverse a un ritmo vigoroso y brutal, sus manos ancladas en el trasero de ella las usaba para potenciar sus embestidas. Libertad estaba ebria de las sensaciones que él le provocaba. Él era tan dulce y tan animal a la vez, la embrujaba y la poseía, la llevaba al cielo y la traía de vuelta de un tirón.

Libertad ya no daba más de placer, Sandro comenzó a bajar la velocidad pero no la fuerza de su empuje, movía sus caderas y, ¡oh como las movía! Eran movimientos ondulantes que friccionaban su clítoris con fruición. Los gemidos Libertad se convirtieron en gritos en el momento en que su clímax la envolvió en fuego.

Calor y humedad, el sonido de sus cuerpos colisionando, los resoplidos furiosos de Sandro mientras su longitud era apresada por el éxtasis de ella. Él se sentía rodeado por el ardor que se desprendía del interior de ella, olas y olas de fuego líquido que lo empujó a un orgasmo que le hizo sentir que estaba en el infierno, el cielo y la tierra, todo al mismo tiempo. Expulsó todo su ser mientras se enterraba profundamente en ella con un grito grave y masculino, y se derrumbaba exhausto sobre el hombro Libertad.

El aroma de aquella habitación era una mezcla extraña y deliciosa, de sexo, sudor y café de grano recién hecho, el calor los inundaba por todas partes, y sus cuerpos cansados comenzaron a revivir después de unos minutos hasta que sus respiraciones se acompasaban a un ritmo más regular y sereno.

Sandro se retiró lentamente del centro cálido de Libertad, y se deshizo del cuerpo del delito personificado en el preservativo con su simiente, arrojándolo al basurero. Él detestaba esas barreras que tenía que usar para hacer el amor con ella, pero eso era mejor que nada.

—¿Cuándo será el día en que pueda dejar de usar esas cosas? Quiero sentirte de verdad —dijo él con un suspiro entre molesto y divertido—. Tengo que llenarme los bolsillos de estas cosas para estar preparado siempre.

—Dejaremos de usarlos el próximo mes cuando mi cuerpo se acostumbre nuevamente a los anticonceptivos. Hace mucho tiempo que no tomo, así que debes esperar un poco, cariño —contestó ella sonriendo y acariciando la barba incipiente del rostro de Sandro.

—Será eterno este mes —rezongó Sandro con un resoplido.

Ambos sonrieron y de se hizo el silencio, solo se escuchaba el lejano tic-tac del reloj mural del comedor. De pronto se escuchó un sonido, como un animalito quejándose… Se quedaron quietos y callados, y nuevamente se oyó ese quejido. Libertad y Sandro rieron.

—Creo que es mi estómago, estoy famélico, señorita —dijo divertido—. Necesito mi segundo desayuno, el primero fue de campeones, pero lamentablemente solo satisfaces mi apetito sexual, la comida no la puedo reemplazar con tu cuerpo maravilloso.

—Entonces desayunemos, lo tenía casi listo cuando llegaste. Aunque por la hora será un desayuno-almuerzo.

Mientras desayunaban-almorzaban, Libertad pensaba en los eventos de la noche anterior y en las soluciones que buscarían Sandro junto con Ángel. La curiosidad empezó a roerle el cerebro, así que concluyó que era necesario interrogar a aquel hombre que estaba engullendo una marraqueta con palta y jamón Praga.

—¿No me vas a contar cómo te fue en tu reunión con Ángel? —preguntó Libertad con un tono casual, así como que no quiere la cosa.

—Sí y no.

—¿Cómo es eso? Explícate.

—Tenemos un plan, y es muy bueno, pero no puedo revelártelo, mientras menos sepas, mejor —explicó Sandro tranquilo y bebió un sorbo de café—. Te quedó muy bueno este *capuccino*.

—Gracias… Sandro, no pueden hacerme esto, ¿por qué me dejan afuera del asunto si estoy totalmente involucrada?

—Debo protegerte, si te cuento los detalles de nuestra «operación», podría irse todo al infierno.

—¿No pretenderán matar a Marcos, o no? —A Libertad siempre le inquietaba ese tema, no por la vida de Marcos, si no por las consecuencias que podían caer sobre Sandro.

—No, por ningún motivo, eso está descartado. Eso te lo puedo jurar por mi vida.

—Pero es que no puedes dejarme con esta incertidumbre, no es justo.

—Escúchame, Libertad, y préstame toda tu atención. Pase lo que pase, confía en mí. Veas lo que veas, y oigas lo que oigas, solo confía en mí… No puedo decirte más, es por tu bien y el nuestro. Es imperativo que todo salga a la perfección y solo tendremos una oportunidad. Te lo suplico… si te pierdo me volvería loco.

Libertad vio en el rostro de Sandro tal determinación para lograr su cometido que no pudo resistirse. En aquellos ojos castaños vio reflejado todo el amor que él le profesaba, y a la vez, toda la angustia que lo invadía ante solo la idea de que a ella le pasara algo horrible. Tuvo que reconocer que ella también haría lo mismo si estuviera en el lugar de Sandro.

—Está bien —cedió Libertad—, ¿están seguros de que todo va a funcionar?

—Completamente… Ángel es un genio para este tipo de cosas, confío en su capacidad. En quien no confío es en Marcos, el infeliz es inteligente pero ambicioso.

—Ok, yo tengo toda mi fe puesta en ustedes dos. Ojalá que Marcos no la embarre, me tiene inquieta ese hombre.

—A mí también me inquieta, es el único factor que no podemos anticipar al cien porciento.

A Sandro y Libertad no les quedaba más que esperar a que todo funcionara.

No tenían otra alternativa.

Capítulo 17

Marcos iba caminando tranquilo y seguro por el camino peatonal empinado, se iba a encontrar con un periodista del CIPER, o más conocido como el Centro de Investigación e Información Periodística. Un tal Adrián Pascuzzo era su contacto. Marcos se reuniría con él para entregarle toda la información que poseía (y la que estaba en su fértil imaginación también).

Se iba a cagar a Sandro, ese «*tira*» que se las daba de súper héroe, lo tenía hasta el tuétano. Cuando Libertad se entere por medio de la prensa de la calaña que es Sandro Larenas, va a ser el tiro de gracia que matará su estúpido romance. Ella se decepcionará de ese pobre y triste imbécil y lo dejará. Libertad era tan sentimental, ya volvería a él para buscar consuelo con la cola metida las piernas. No le importaba, ella volvería aunque fuera solo por el sexo. Sabía que ella era débil y predecible…

Y así, señoras y señores, tenemos la muestra de cómo funciona el cerebro de un hombre con el ego del porte de Júpiter, poseedor de un narcisismo y egoísmo exacerbado, y que no ve más allá que su ombligo y sus propios objetivos.

El cerro San Cristóbal era un lugar público y accesible, y se le considera como uno de los pulmones verdes de la capital, siempre está lleno de gente y turistas. El periodista lo citó en esa parte en específico porque quería un lugar abierto poder conversar acerca de la información y las pruebas que tenía Marcos en su poder.

Debían reunirse en el jardín japonés, ya era casi el ocaso y a esa hora eran pocos los visitantes de ese sitio en particular. Marcos llegó con veinte minutos de retraso, entró al jardín y solo se encontraba en el lugar un hombre de unos cuarenta años. Se notaba que era de otra clase social, una más alta, lo *cuico* salía a relucir hasta en cómo respiraba.

El hombre lo divisó y le hizo un gesto con la mano para indicarle que él era su contacto. Marcos aceleró el paso para acercarse a él, y al llegar le estrechó la mano.

—Buenas tardes, ¿Es usted Marcos Silva?

—Sí, ese soy yo, el que viste y calza.

—Yo ya pensaba que no venía, estaba a punto de irme, ¿trajo toda la información?

—Claro, tal como le comenté por correo, tengo la información y pruebas de corrupción dentro de la PDI.

—¡Excelente! Cuénteme todo, desde el principio.

Marcos empezó a cantar como un ruiseñor al amanecer, dando lujo de detalles de cómo conocía a los hermanos Larenas y su supuesta red de corrupción y drogas. El periodista escuchaba atento mientras grababa todo lo que Marcos relataba, lo interrumpía a veces para hacer preguntas y anotaba algunas cosas en su libreta.

Pasó media hora y Marcos comenzó a sentir la boca seca de tanto hablar. Vio que el periodista tenía una botella de agua a medio terminar, la miró y luego miró a su interlocutor.

—Señor Silva, disculpe mi descortesía, ¿tiene sed?, no queda mucha agua mineral en la botella, pero todavía está fría. —Le ofreció la botella y Marcos la aceptó y la abrió.

—Gracias, ya estaba seco como escupo de momia. Salud. —Marcos se bebió todo el contenido de la botella en diez segundos. Estaba fría pero el gas ya se encontraba un poco desvanecido y le daba un sabor raro, de todos modos, eso no le importó, ya que el líquido calmó su sed—. Ahhhhh… mucho mejor… Como le iba diciendo… ¿en qué parte me quedé?

—Que el detective Larenas que trabaja en la BRICO, obstruye investigaciones y elimina evidencias en todos los casos que puedan relacionar a su hermano «El Rucio» y que por eso nunca ha caído preso.

—Exacto…

Marcos de pronto comenzó a marearse, se sentía pésimo. Todo empezó a dar vueltas como si estuviera dentro de un tornado, no tenía idea de lo que estaba pasando. Las manos comenzaron a sudarle y no podía enfocar la vista.

—Señor Silva, ¿se siente bien? —Se preocupó el periodista al ver a Marcos tan descompuesto.

—Sí, estoy mareado nomás —contestó haciéndose el valiente.

En realidad era más que un simple mareo, con cada segundo que pasaba se sentía más mal. Era como si se hubiera bebido una botella de ron en tres segundos, era peor que estar mil veces borracho.

Marcos intentó ponerse de pie, pero cayó de bruces contra el pasto. El miedo comenzó a apoderarse de él, ¿qué mierda le pasaba? Iba a morir, lo sabía… Esa agua algo tenía… trató de arrastrarse pero sus extremidades no le obedecían… quiso arrastrarse… no podía.

Todo se oscureció.

—¡*Sveglia*! —Una voz de mujer gritaba en un idioma extraño y al mismo tiempo escuchaba cómo le chasqueaba los dedos frente a su cara.

Su cabeza seguía dando vueltas, estaba desorientado. Todo se veía borroso, estaba totalmente empapado. «Dios, no entiendo nada, ¿qué mierda pasa?», pensó Marcos. No podía moverse estaba atado de manos y pies a una silla.

Un golpe… duro en su mandíbula.

—¡*Maledetto, sveglia*! —Nuevamente esa voz femenina. Italiano, hablaba en italiano.

Marcos comenzó a recobrarse lentamente, la cara le dolía, sintió el sabor metálico de la sangre en su boca. El miedo resurgió, estaba vivo, pero no sabía por cuánto. Miró a su alrededor estaba todo oscuro y olía a rancio, a humedad, posiblemente era un galpón abandonado, se hacía eco cada vez que aquella mujer hablaba.

—*Bene, sei Marcos Silva*, ¿*certo?* —preguntó aquella mujer de manera un poco más amable.

—Marcos… s-sí —Él supuso que ella le preguntaba por su nombre, más valía decir la verdad, esta situación era más que seria.

—*Signore* Marcos, perdone mi *spagnolo*… usted tiene algo importante, una información valiosa de uno de nuestros… ¿cómo se dice?... ahhh socios.

—¿No sé de qué me *hablai*? —replicó agresivo. Mala idea.

—*Io* le hare recordar… Silvio, *dare un promemoria* —ordenó ella esbozando una sonrisa cínica.

Un hombre grande, vestido de negro y con pasamontañas hizo crujir sus nudillos y se colocó una manopla en la mano derecha.

Le iban a golpear y no se podía defender, ¡le iba a doler!… ¡le iba a…!

Un golpe… duro en el estómago.

Marcos no podía respirar, todo el aire abandonó sus pulmones. El dolor era tan intenso que se propagaba caliente por su tórax… no quería morir.

—P-p-por favor… no me mate —rogó Marcos con un hilo de voz, apenas podía conservar el aliento—. Les daré lo que sea.

—Ahhhhh está recordando… *bene*.

—Señora, no sé lo que quiere usted de mí… —Los engranajes de su cabeza funcionaban a una velocidad vertiginosa, pero no entendía qué quería esa mujer de él.

—Respuesta equivocada —declaró con frialdad.

—¡Noooo, no, no, no, no, no!… —La angustia se apoderó de Marcos y el miedo le iluminó su cerebro—. Espere, dígame ¿quiere la información de los Larenas?,

¿eso es? —dijo Marcos prácticamente gritando de la desesperación.

—¡Bingo, Marcos! —La mujer se acercó a su rostro, ella era intimidante—. Verá, *signore*, tenemos un negocio enorme con Ángelo Larenas y su intrusión nos ha provocado un gran, gran problema… —Se irguió imponente, nunca una mujer le provocó miedo a Marcos, pero ésta, era aterradora—. Fue un gran error de su parte ir a la prensa… Eso no se hace, ahora sabemos que Ángelo ha traicionado la confianza de *la mia famiglia*, pero no quiero que mi amado padre se entere. Quiero hacerle pagar a ese perro con mis propias manos… Marcos, si quiere salvar su *vita* entréguenos *tutto* el material. Este asunto lo arreglaré entre él y yo.

—Está todo en mi celular. Lo juro —confesó Marcos muerto de miedo.

—¿Seguro? —interrogó la mujer entrecerrando los ojos.

—S-sí, todo está ahí —aseguró.

—*Bene, Silvio, il telefono cellulare.*

—*Sì, signora* —obedeció el hombre que respondía al nombre de Silvio.

—*Formattare i dati… tutto* —exigió.

El matón manipuló el móvil, borró toda la información y además lo formateó. Después abrió el aparato, quitó la tarjeta micro SD y la destruyó con un martillo, y luego, para asegurarse, hizo añicos el móvil. No querían dejar rastro de absolutamente nada.

Marcos estaba hiperventilando, quería huir, correr, volar y esconderse, ya no podía más con ese tormento. No quería estar ahí por otro segundo más.

—Ahora, dígame, Marcos, ¿esta es *tutta* la información? —preguntó la mujer en un tono totalmente inquisidor. Ella desconfiaba de ese mequetrefe, esos malnacidos siempre querían tener un as bajo la manga.

—S-s-sí…

—No me gustan los mentirosos, los de su clase *sempre* tienen un respaldo —recriminó—. ¿Dónde está?

—No tengo nada… —mintió creyendo su propia falsedad, esa bruja tenía razón, parecía que le leía la mente.

—Voy a tener que darle otro recordatorio… *Leonardo, porta la donna.*

Marcos no sabía a qué se refería con eso, estaba totalmente desconcertado. De pronto sintió los gritos ahogados de una mujer, la voz le era familiar, y de la oscuridad emergió Libertad esposada y amordazada con cinta americana. Ella luchaba por zafarse, pero aquel hombre oculto en la penumbra, Leonardo, era implacable. Libertad hizo contacto visual con Marcos y abrió los ojos como platos al ver que estaba atado, aterrado y golpeado.

—*Leonardo, farlo rapido.*

El hombre que respondía a ese nombre también era enorme, emergió silenciosamente de las sombras, estaba también vestido de negro y su cabeza cubierta con un pasamontañas. Alzó los brazos de Libertad y enganchó sus muñecas a un gran garfio metálico que colgaba del techo. Ella estaba a merced de aquel hombre, que la rodeaba y la tocaba por debajo de la ropa. La cinta americana ahogó un grito de ella. Desabrochó el botón de sus jeans para tocarla más abajo. Libertad quedó petrificada, su rostro de un segundo a otro se tornó indescifrable.

—*Bella ragazza, bella, bella* —dijo lascivamente Leonardo al recorrer la piel de ella.

Marcos al ver que ese hombre estaba manoseando a Libertad temió lo peor. ¡La iban a violar frente a sus ojos! Era demasiado horroroso, no lo soportó más.

—¡No lo hagan, ella no sabe nada!, ¡malditos, no lo hagan!, ¡no la toquen! —gritó desgarradoramente.

—Por supuesto ella que no sabe *niente*, Marcos, solo lo estamos incentivando para que hable… *Leonardo andiamo, continuare.*

—¡Noooo! —exclamó con voz rota—. Les juro que solo tengo un respaldo —confesó—… Está en mi *pen-*

drive... en mi billetera, es una tarjeta roja... ahí está todo... todo... lo juro... déjela en paz se lo suplico.

—*Bene... Leonardo, sufficiente. Silvio, nel portafoglio c'è un cartellino rosso, distruggerlo.*

Silvio registró la billetera y encontró el mentado *pendrive*. Comprobó el contenido en una laptop e hizo un gesto afirmativo a la mujer italiana.

—Espero que no nos esté mintiendo de nuevo Marcos... Si nos enteramos de que vuelve a contactar a la prensa o si intenta hacer algo estúpido, lo mataremos a usted y a su *famiglia* sin preguntar nada, no seremos tan civilizados como el día de hoy —amenazó sin piedad a Marcos y luego se dirigió a uno de sus subordinados—. *Silvio, elimina le informazioni.*

El hombre hizo lo que le ordenaron, borró la información del *pendrive* y lo destruyó con el mismo martillo que usó para eliminar la tarjeta SD del celular. De ese modo, todo estaba destruido, no quedaba rastro de nada.

La mujer se acercó a Marcos y a diez centímetros de su rostro, le dijo con convicción y sin compasión...

—Ahora, se lo voy a advertir solo una vez. Si vuelve a intentar algo, lo matamos. Si vuelve a contactar a la *signorina* Libertad, lo matamos. Si habla a alguien de esto, lo matamos. Si contacta Ángelo o Sandro Larenas, lo matamos... No haga nada estúpido, se lo estoy advirtiendo ahora. Hoy no lo hemos eliminado, porque es una molestia cubrir una escena del crimen por un gusano insignificante y *maledetto* como usted ¿estamos de acuerdo con nuestro trato?

—S-s-sí, sí lo juro, ¡por Dios, sí, lo juro!... lo juro —Marcos lloraba desesperado, era como un niño perdido, aterrado y amedrentado.

—*Bene. Silvio, portarlo al cimitero.*

El hombre se acercó a Marcos con un trapo, le cubrió la boca y la nariz con él. Desesperado forcejeó unos minutos y gritó, estaba inmóvil, todo daba vuel-

tas nuevamente, no sabía si iba a despertar otra vez…
Tenía miedo…

Perdió totalmente la conciencia.

Capítulo 18

Dos horas antes…

Libertad salió del trabajo cuando faltaban quince minutos para las once de la noche, tenía que atravesar toda la capital para llegar a su hogar. Hace dos días su vida común y corriente se transformó en algo muy parecido a una película gringa de mafia. La situación era de locos, se sentía inquieta, insegura.

Ella no estaba en paz, solo iba a estarlo de manera definitiva cuando Marcos, A.K.A el «infeliz-enfermo-de-la-cabeza» fuera silenciado. A veces, Libertad no podía creer el grado de falta de sensatez de su ex. Lamentablemente ya no había nada que hacer, Marcos era así y ya, Sandro y Ángel debieron limar asperezas y unir fuerzas para que la situación no se agravara más y nadie inocente saliera perjudicado.

Estaba en el paradero de microbús esperando, no había un alma a esa hora. Estaba escuchando «*War*» de Edwin Starr, un tema realmente antiguo, pero le encantaba la potencia de la canción y su mensaje. Y en cierto modo, la letra iba acorde a su estado de ánimo.

«War, huh, yeah. War is it good for. Absolutely nothing».
(*«La guerra, uh, yeah. ¿Para qué es buena? Absolutamente nada»*).

Se distrajo con la música y cerró por cinco segundos sus ojos. Al abrirlos vio una enorme van negra estacionada frente a ella. Dos hombres gigantes salieron de ella, vestían de negro y tenían la cabeza cubierta por un pasamontañas, con aterradora rapidez y eficiencia tomaron a Libertad y la metieron con brusquedad al interior del vehículo. Ella luchó. Pateó, forcejeó, gritó y se retorció para liberarse. Al instante su boca fue sellada, y sus tobillos y muñecas fueron unidos con cinta americana, estaba inmovilizada, amordazada sin ninguna posibilidad de escapar.

El miedo la asaltó violentamente, la adrenalina se disparó de los pies a la cabeza… ¿Voy a morir?, fue el primer pensamiento que atravesó el cerebro de Libertad. Aquellos hombres hablaban en italiano, pero sus oídos no escuchaban más que su sangre que abombaba sus sentidos, estaba totalmente aturdida, apenas podía entender lo que decían esos dos mastodontes.

«No puede ser, ¡Marcos se les adelantó!», pensó horrorizada cerrando los ojos con fuerza.

Estaba perdida…

Si le hubieran dicho hace un mes que iba a estar en esta situación, ella se hubiera reído de buena gana. Si ella fuese adivina, habría hecho muchas cosas de diferente manera. No podía creer que todo iba a terminar así, sin lágrimas, sin despedidas.

Quería verlo, al amor de su vida, aunque fuese una vez más. Las cosas estaban hechas, ya no se podía retroceder en el tiempo.

Sintió un olor fuerte, en cuestión de minutos el mundo empezó a dar vueltas, no podía moverse, sus ojos no podía abrirlos, ella no podía moverse… ella no podía…

Cuando despertó se encontró en una especie de habitación, todo estaba oscuro y el olor putrefacto de la humedad y moho asediaba su olfato. Sentía la cabeza embotada y mareada, no recordaba nada aparte de haber sido abducida por aquellos hombres. Inmediatamente se dio cuenta de que ya no estaba inmovilizada con la cinta americana, sino que ahora estaba esposada y a la vez atada a una silla de madera. La boca no la podía abrir, todavía la tenía sellada.

Lentamente comenzó a recobrar el sentido y a orientarse. Apenas podía ver en la negrura de aquel sitio. Era inútil, no podía hacer nada, no sabía dónde estaba ni cómo llegó a ese lugar, solo lo suponía, si pudiera tan solo gritar... Tal vez nadie la escucharía de todos modos.

Sus ojos comenzaron a acostumbrarse a la oscuridad, notó que cerca de ella entraba un rayo de luz, probablemente se trataba de la rendija de una puerta. A lo lejos se escuchaba una voz de mujer que hablaba, prestó más atención y en ese momento se oyó el grito desesperado de un hombre.

—¡Noooo, no, no, no, no, no! —Esos alaridos de terror era lo único que ella podía percibir, el resto era confuso.

Libertad no podía entender nada de lo que hablaban, sabía que estaba sola en aquella habitación, no sentía la presencia de nadie a su alrededor. Pasaban los minutos lentamente.

De un momento a otro, sintió que la puerta se abrió y un hombre entró lentamente, se acercó sigilosamente y comprobó el estado de Libertad. Al notar que ella estaba despierta masculló una palabra mal sonante en italiano.

Soltó las amarras que la mantenían atada a la silla, y revisó las muñecas y los tobillos de ella para verificar las esposas. Una voz grave emergió de la garganta de aquel hombre.

—*Andiamo, ragazza.*

Sujetó a Libertad por los hombros y la guió al interior de la habitación contigua que era mucho más grande. En el fondo se veía solo una ampolleta cuya luz iluminaba a un hombre sentado en una silla, una mujer que estaba de pie frente a él y la silueta de otro hombre, quizás el otro que la secuestró.

Libertad optó por no resisitirse, y prestó atención a cada detalle que la rodeaba. El hombre que la guiaba estaba casi pegado a ella, al sentir su presencia tan cerca sintió un aroma familiar... le recordaba a Sandro...

«¡No puede ser!, ¡ese olor es de Sandro!», la cabeza de Libertad repetía sin cesar ese pensamiento.

¡Era inverosímil, no podía creer la mala jugada que le hacían sus sentidos, es que simplemente no podía ser, era imposible!

A medida que se acercaban a la luz, pudo ver con más claridad al hombre de la silla, estaba atado, mojado, golpeado. Agudizó mejor la vista... ¿En qué pesadilla estaba metida?

Marcos.

La voz femenina ahora tenía rostro, pues era la única que no estaba vestida como ninja, más bien su apariencia era de una mujer pelirroja sofisticada, elegante, delgada y atlética. Su ropa le calzaba como si fuera hecho a la medida, lo cual era muy probable. Sus rasgos eran angelicales... hermosa.

Aparentemente ella era el ángel de la muerte.

Libertad comenzó a retorcerse, intentó zafarse. Hizo contacto visual con Marcos, el hombre estaba en un estado de pánico tal, que no era ni la sombra de aquel que fue su pareja por dos años. Ella estaba impactada ante tal imagen, no quería estar en su pellejo.

—*Leonardo, farlo rapido* —comandó la pelirroja.

El hombre que escoltaba a Libertad que respondía a ese nombre (ahora sabía cómo se llamaba) alzó sus muñecas y las enganchó a un garfio enorme de acero que colgaba sobre sus cabezas. Tenía muy cerca de su cuerpo a Leonardo y su olor lo pudo percibir mejor. Miró directo a los ojos de él y en ese preciso momento lo supo.

Era Sandro.

Sandro alias Leonardo, le guiñó el ojo brevemente, ella no podía hablar. Lógico, todavía tenía la cinta americana en su boca, y definitivamente estaba furiosa.

«*Pase lo que pase, confía en mí. Veas lo que veas, y oigas lo que oigas, solo confía en mí...*», Libertad recordó la súplica de Sandro de hace dos días atrás, y ahora todo tenía sentido, ella era parte del plan, todo el tiempo fue partícipe de ello… pero sin su conocimiento.

«¡Me las vas a pagar, Sandro Larenas, todas juntas!», pensó Libertad iracunda.

Sandro comenzó a acariciarla bajo la ropa. Libertad se quedó quieta, miraba directo a los ojos castaños de él para entender la situación, mientras él le tocaba el vientre, y ascendía hasta sus pechos y los amasaba sensualmente. Le pellizcó uno de sus pezones para que gritara. Sus manos se fueron hacia el botón del jeans que vestía y lo desabrocharon.

—Todo tiene una explicación —susurró Sandro solo para ella, imperceptible para todos los demás—. *Bella ragazza, bella, bella* —dijo en italiano en voz alta.

La voz de Sandro era totalmente diferente en italiano, con razón no lo reconoció cuando la secuestraron, el tono era el de un hombre completamente desconocido para ella.

Ya no estaba tan asustada, confiaba en él. Sin embargo, todo era tan desconcertante, intentaba ordenar todo el caos mental que tenía para poder entender algo de lo que pasaba.

—¡No lo hagan, ella no sabe nada!, ¡malditos, no lo hagan!, ¡no la toquen! —gritó Marcos con la voz rota.

Libertad decidió seguir el juego que le estaban imponiendo y puso su mejor cara de terror y desesperación, se suponía que iba a ser violada. En realidad no era difícil actuar, de todas maneras hace unos minutos sentía eso mismo.

—Por supuesto ella que no sabe *niente*, Marcos, solo lo estamos incentivando para que hable… *Leonardo, andiamo, continuare* —dijo severamente la mujer italiana.

Marcos suplicó que no le hicieran daño a Libertad y confesó donde tenía el respaldo de la información, y aseguró que no había más. El otro hombre (probablemente Ángel) destruyó eficientemente las pruebas que existían en un *pendrive*. La mujer se inclinó sobre Marcos y muy cerca de su rostro le dijo resueltamente...

—Ahora, se lo voy a advertir solo una vez. Si vuelve a intentar algo, lo matamos. Si vuelve a contactar a la *signorina* Libertad, lo matamos. Si habla a alguien de esto, lo matamos. Si contacta Ángelo o Sandro Larenas, lo matamos... No haga nada estúpido, se lo estoy advirtiendo ahora. Hoy no lo hemos eliminado, porque es una molestia cubrir una escena del crimen por un gusano insignificante y *maledetto* como usted ¿estamos de acuerdo con nuestro trato?

Definitivamente esa mujer sí que daba miedo, era una perra vengativa salida del averno, lo amenazó sin misericordia. Marcos temblaba y lloraba de miedo y desesperación. Él era un hombre débil, patético y cobarde. Libertad estaba segura, él no intentaría nada estúpido dentro de los próximos diez siglos.

Luego drogaron nuevamente a Marcos, en unos pocos minutos estaba noqueado. El otro hombre levantó el cuerpo inconsciente de Marcos y se lo llevó quien sabe a dónde.

Libertad aún estaba inmóvil, en shock por todo lo que había presenciado. No podía creer lo que acaban de ver sus ojos. La mujer italiana se volvió hacia ella y su rostro se suavizó.

—*Signorina* Libertad... Discúlpenos por todo, se lo rogamos.

Sandro se sacó el pasamontañas y le quitó las esposas a Libertad, ella definitivamente sabía que era él, pero de todos modos la invadió la rabia y empezó a golpear el pecho de Sandro llorando desconsoladamente. Él la abrazó fuerte, pero ella no quería, no cedía... trató de zafarse de su agarre y después de unos momentos claudicó, porque se dio cuenta de que todo había terminado.

—Perdóname... perdóname, Libertad... Te lo imploro, esto era necesario —rogó Sandro desesperado por calmar a Libertad, quería que ella entendiera, no quería perderla.

—¡¿Por qué no me dijiste nada?! —gritó con el rostro surcado por gruesas lágrimas.

—No sabíamos si ibas a actuar con naturalidad si conocías el plan de antemano, no podíamos dejar eso al azar. Necesitábamos que Marcos se lo tragara todo y no cuestionara nada... —explicó—. Perdón, mi vida no sé cómo compensarte, perdóname por favor.

—Vas a tener que pedirme perdón el resto de tu vida. En este momento estoy furiosa contigo —increpó Libertad todavía llorando.

—Todo lo que me quede de vida te lo compensaré... Te amo más que a nada, no quiero perderte.

—No me perderás... Sandro, estoy furiosa, pero no me perderás... yo también te amo.

La mujer italiana tosió para insinuar que estaba viéndolos, le causaba gracia aquella pareja, se notaba que se querían mucho.

—*Signorina* Libertad, permítame presentarme —dijo la mujer sonriendo—. Soy Rossana Spada, esposa de Ángel. —Esto último lo dijo en perfecto castellano sin rastro del acento italiano—. Es un placer conocerte, tenía muchas ganas de verte.

—H-hola, Rossana... —saludó desconcertada—. El gusto es mío... Perdona mi curiosidad ¿Eres chilena o italiana? —preguntó Libertad un poco más calmada.

—Italiana... pero debí aprender muy bien el acento de los chilenos, es tremendamente difícil, pero tengo un don para aprender idiomas... y, ¿pase la prueba?, ¿parezco chilena?

—Hablas perfecto, mejor que yo incluso —reconoció divertida

Rossana rió sonoramente, le caía bien su cuñada.

—Vámonos de aquí, ya no hay nada más que hacer en este lugar —dijo Sandro—. Este día ha sido extenuante y extremadamente largo, el cansancio me está pasando la cuenta al cuerpo.

—Vamos —secundaron ambas mujeres al unísono.

Salieron del galpón y subieron al auto de Sandro que estaba estacionado afuera, había rastros de las huellas de neumático en la tierra, seguramente eran de la van en que la trajeron a ella.

—¿Dónde llevaran a Marcos? —preguntó Libertad con curiosidad.

—Decidimos darle un mensaje más claro, y en este momento va camino al Cementerio General, se llevará un susto de muerte —ironizó Sandro.

—Los hermanos Larenas son muy creativos, Libertad —comentó alegremente Rossana.

—Ya me di cuenta, son escalofriantes… Sandro, necesito saber todo lo que pasó antes de que me «secuestraran» ustedes dos... desembucha, por favor.

Sandro se quedó unos instantes en silencio mientras manejaba el vehículo. Estaba un poco taciturno, imaginó por un segundo como serían las cosas si hubieran fallado, afortunadamente no fue así. Suspiró y comenzó a narrar.

—Los contactos de Ángel dieron el aviso de que Marcos pretendía juntarse con un periodista del CIPER. Eso fue fácil de confirmar ya que Marcos tiene el defecto de no poder evitar ser un fanfarrón y no cerrar la boca cuando es debido. Logramos interceptar al periodista antes de la reunión y lo engañamos haciéndome pasar por Marcos. Le di un montón de información falsa y fingí que era un mitómano que solo le tomaba el pelo. Hubieras visto, el pobre tipo se fue hecho una furia por perder el tiempo. Después llegó Marcos y Ángel disfrazado actuó haciendo el papel del periodista…

—Dios, esto parece sacado de «Misión Imposible»… —interrumpió Libertad sorprendida. Sí, los Larenas eran maquiavélicos—… continúa, por favor.

—Ángel le dio agua con burundanga a Marcos para drogarlo y lo llevamos al galpón, y mientras estaba inconsciente, te secuestramos.

—Ustedes son terribles, no quisiera tenerlos de enemigos… ¿Alguien más sabe de todo esto? —preguntó preocupada.

—Solo nosotros cuatro, nadie más —confirmó Sandro con convicción.

—¿Cómo nos aseguraremos de que no hay más pruebas?

—Lo mantendremos vigilado hasta que la operación en la que está involucrado Ángel haya terminado, pero creo que con el susto ganamos bastante tiempo. Si yo fuera él, no saldría de mi casa durante un siglo o dos.

—Espero que sea así… tu hermano me sorprende, jamás imaginé conocerlo de esta manera esto es totalmente increíble… —A estas alturas del día a Libertad le parecía tragicómica la manera en cómo se habían desarrollado los eventos. Miró a la mujer pelirroja que tenía al lado y que miraba fijo por la ventanilla del auto—. Rossana, ¿de qué parte de Italia eres?, ¿cómo conociste a Ángel? —Realmente a Libertad le causaba curiosidad aquella mujer, tan hermosa y vivaz, quizás qué historias llevaría a sus espaldas.

Rossana miró con simpatía a Libertad, y en su sonrisa hubo un atisbo de melancolía.

—Era de Roma, conocí a Ángel cuando empezó con el negocio con la mafia. Es una historia larga de contar —contestó Rossana, algún día le relataría a Libertad su historia, al fin tendría una amiga en quien confiar. Las cosas definitivamente estaban cambiando para los hermanos Larenas... y sus mujeres.

—Libertad no descansará hasta que le cuentes todo, tiene métodos muy efectivos para sonsacarte información —advirtió Sandro a su cuñada. Poco a poco el ambiente se distendía y todos se sentían mucho mejor.

—La tortura está penada por la ley, señor Larenas, según usted mismo dijo una vez. Aquí el único delincuente que veo aquí es a usted, «señor torturador».

—No lo torturamos, Libertad, solo lo incentivamos a que se quedara callado. No puedes llamarle tortura a un balde de agua, dos golpes e intentar violarte en frente de sus ojos.

—Eso es tortura, Sandro —puntualizó Libertad.

—Bueno, bueno, ahora soy un delincuente. La Noni va a estar tirándome sus chanclas desde el cielo, pero que conste que todo fue por una buena causa.

Todos rieron por unos segundos, luego el silencio.

—¿Qué haremos ahora, Sandro?, ¿dónde vamos? —preguntó Libertad, estaba tan cansada solo quería una cama y dormir veinticuatro horas seguidas.

—Primero dejaremos a Rossana en su casa. Ángel y ella no viven en la villa, luego de eso nos vamos para mi casa.

—Tengo que llamar a mis viejos, deben estar que trepan por las paredes.

—No te preocupes, Lib, llamé a tu padre mientras estabas inconsciente, le dije que hoy te quedabas conmigo.

—Dios, no quiero ni saber que te respondió. —Ya conocía la clase de respuestas de su padre, le encantaba poner entre la espada y la pared a cualquier hombre que estuviera con ella.

—Me dijo que si te dejaba embarazada que no hiciera ni tal de salir arrancando. Le dije que si eso pasaba me casaba contigo al instante…

—¡Qué lindo! Cómo deciden mi futuro sin preguntar mi opinión... ¡hombres! —reclamó Libertad interrumpiendo el relato de Sandro, se sentía entre molesta y divertida.

—No me dejas terminar, mujer… Le dije que me casaba, solo si tú querías.

—¡Mmph! ¡Arréglala nomas! Ya la embarraste.

—Tenía que intentarlo —dijo Sandro encogiéndose de hombros.

—¿Por qué me ocultaste que sabes hablar en italiano? —Libertad preguntó al recordar el reciente descubrimiento del bilingüismo de Sandro. Mejor lo hacía ahora, porque después lo olvidaría.

—La Noni nos enseñó. Hablábamos en italiano dentro de la casa, y fuera de ella hablábamos en español.

—¿Y por qué nunca me lo contaste?

—No suelo alardear de mis capacidades con el lenguaje para andar seduciendo señoritas. —Sandro sonrió y enarcó una ceja.

Libertad sonrío, él siempre aliviaba sus tempestades. Todos se quedaron en silencio, cada uno se sumergía en sus propios pensamientos. La amenaza que representaba Marcos fue mitigada, pero de todas maneras debían estar alerta hasta que todo definitivamente terminara. No obstante, Sandro y Libertad sentían que se les había quitado un gran peso de encima de sus hombros, estarían seguros y podrían dormir en paz esa noche.

Capítulo 19

Tres meses después…

Sandro volvió a su casa al amanecer, había sido una noche dura e intensa de trabajo, tenía el cuerpo cansado y adolorido. El stress al que era sometido en los operativos especiales siempre lo dejaban bueno para nada.

Se dirigió pesadamente a su dormitorio para descansar, anhelaba dormir, y si tenía suerte, tal vez las sabanas tendrían el rastro del aroma de su amada. Al cruzar el umbral de la puerta, se encontró con Libertad durmiendo plácidamente desnuda en su cama. No sabía que se la encontraría ahí y sonrió, ella constantemente lo sorprendía con pequeños gestos, siempre estaba con él, física y emocionalmente, en todo momento y lugar. Libertad se había convertido en el pilar fundamental de su existencia, ya conocía la vida estando solo y era algo que no quería volver a repetir jamás en lo que le quedaba de vida.

Se quitó toda la ropa y se metió a la cama, la abrazó con ternura y aspiró su aroma floral que tanto lo relajaba. Libertad comenzó a despertar con una sonrisa somnolienta y ronroneante, y se acurrucó a su cuerpo.

—¿Cómo te fue? —pregunto ella con un bostezo.

—Ha sido agotador, pero ha resultado todo bien. Ángel ya está gozando de su ansiada jubilación y anonimato —contó con tranquilidad.

—Qué bueno, me alegro mucho por él. —Ella se desperezó un poco por la curiosidad, quería saber más—… ¿Tienes idea de cuáles son sus planes?

—Creo que ya se marchó de esta ciudad. Tenía todo planificado para este día. No sé por cuánto tiempo estará inubicable y eso me preocupa un poco. Espero que esa situación no dure mucho tiempo. —Sandro externalizó sus pensamientos y temores, no quería perder a su hermano de nuevo.

—Oh no, Sandro, *pucha* mi amor qué lástima.

—Es el precio que hay que pagar, pero de todas maneras encontraremos la manera para seguir en contacto —dijo besando su cabeza con suavidad, el cansancio de a poco comenzaba a vencerlo.

—Qué lata que se tengan que distanciar ahora que las cosas marchan bien entre ustedes dos… Ahhh casi lo olvidaba, llegó esto. —Libertad sacó algo que tenía guardado en el velador—. Este sobre estaba en el suelo de la sala de estar, seguramente alguien lo deslizó por debajo de la puerta. Está sin remitente.

Libertad le entregó el misterioso anónimo a Sandro, que ya sospechaba de quien era aquella carta. Se sentó en la cama, y desplegó la hoja de papel que estaba dentro del sobre. Aclaró su garganta y leyó en voz alta.

Hermano:

Cuando leas esta carta, probablemente yo esté camino a mi nueva vida con mi familia. Quiero que sepas que estaremos bien, pero por el momento no nos comunicaremos más que por escrito mediante los borradores de un correo electrónico. Al final de esta misiva está el nombre de la cuenta y la contraseña para que puedas acceder, estaré chequeando tus mensajes todos los días.

Lamento mucho lo que ha sucedido durante todos estos años y espero que algún día me perdones todos los secretos que debí guardar por el bien de todos. Solo la Noni conocía mi verdad, le hice jurar que no te dijera nada hasta que fuera el momento, por eso ella nunca perdió la esperanza en mí hasta el final.

Lo que más me entristece es que ella nunca pudo vernos reconciliados, solo espero que vea desde el cielo que somos una familia de nuevo.

Sandro, te quiero confesar ahora que esta pesadilla ha terminado, que yo no era la persona que creías, casi nunca lo fui. No quiero que te lo cuenten otras personas, prefiero hacerlo yo, aunque sea por escrito. Es una historia demasiado larga, no imaginas cuánto.

El día lunes te citaran los altos mandos de la PDI y te notificarán que yo era un agente encubierto y que ahora estoy retirado, y de verdad lo fui. A los diecinueve años entré a Investigaciones debido a la muerte de un gran amigo, y gracias a mis contactos con el bajo mundo fue fácil continuar con mi fachada de narcotraficante, para los altos mandos fui el candidato ideal pues no tenía que infiltrarme, estaba metido hasta el cuello de hecho… Pero eso ya es otra historia que algún día te contaré.

Hermano, te quiero mucho, eres mi familia, siempre lo has sido y siempre lo serás. Espero con ansias el día en que volvamos a encontrarnos. Será más temprano que tarde, no lo dudes.

Cuida a Libertad, es una buena mujer y te ama de verdad. Vete de esa villa de mierda, vende esa casa y cumple la promesa que le hiciste a la Noni.

Un abrazo fuerte, estoy feliz de haberte recuperado.

Ángel

PS: La dirección de la cuenta de correo electrónico es nomellamesalessandro@gmail.com, y la contraseña es el verdadero nombre de la Noni.

PS 2: Destruye la carta cuando termines de leerla.

Sandro no podía creer lo que acababa de leer. Solo sentía un gran nudo en su garganta, su corazón ya no podía con el aluvión de recuerdos, ¡tanto tiempo perdido!, ¡tanto esfuerzo en vano!, tanto resentimiento que tuvo contra su hermano, se sintió culpable y a la vez sabía que no tenía la culpa de nada. La hoja de papel temblaba en su mano.

Libertad con lágrimas a punto de abandonar sus ojos, abrazó a Sandro en silencio, su contacto gatilló un mudo llanto que él no pudo reprimir más, dejó salir todas esas emociones que se agolpaban como el agua de una represa en su corazón.

Fueron largos minutos en que no podía parar aquello que desbordaba su alma, pero él no estaba solo, él tenía a su dulce Libertad a su lado, sosteniéndolo, consolándolo sin palabras pero con infinito amor.

Sandro poco a poco fue sosegándose, se sentía más ligero, su interior estaba tranquilo, sereno, en paz. A partir de ese momento comenzaría con su hermano un nuevo capítulo mucho más feliz y esperanzador.

—¿Te sientes mejor, cariño?

—Sí, ya pasó —aseveró limpiándose la cara con el dorso de su mano—… Ángel. —Rio contento—… Ese zorro va a tener que explicarme muchas cosas, aunque le tome toda su vida. Me lo comeré vivo cuando lo vuelva a ver.

—Ya recuperarán el tiempo perdido, no te preocupes, por lo menos tienen un medio para comunicarse durante un tiempo… —Esbozó una suave sonrisa—. Ustedes los Larenas nunca son lo que aparentan, son lobos con piel de oveja, y vice versa.

—¿Y que soy yo?, ¿oveja o lobo?

—Tú, definitivamente un lobo muy, muy feroz… —Sandro la miró sorprendido, y divertido por la analogía—. Ya no me pongas esa cara, durmamos hoy hasta que nos salga néctar por los poros.

—¿No tienes que trabajar hoy? —interrogó intrigado.

—Pedí el día libre… indefinidamente —reveló impasible, en realidad no se preocuparía de eso ahora.

—Hasta que ese hombre te colmó la paciencia, ¿y tu renuncia fue con escándalo?

—Ni te imaginas, lo más suavecito que le dije fue «viejo mal follado». En la semana iré a buscar mi finiquito.

—Todo saldrá bien, eres muy inteligente y capaz. Ya encontrarás un mejor trabajo, te lo mereces.

Libertad sonrió, Sandro siempre tenía fe en ella, le levantaba el ánimo y la impulsaba a seguir adelante. Bostezó y se estiró como una gatita para acurrucarse en el pecho de Sandro, quería dormir cerca de su corazón y su calor, el mejor sitio para descansar en el universo. Él la rodeó con sus brazos y sin soltarla se dejó invadir por el sueño junto a su dulce Libertad.

Epílogo

Un año después... diez de la noche en la pista de carreras de Codegua.

—Esto es ridículo, ¿no se supone que debes evitar que yo participe en carreras ilegales? —rezongó Libertad con las manos al volante.

—Estoy siendo flexible por una buena causa, además esto no es ilegal, es una pista de carreras profesional y segura —aseveró Sandro relajado.

—Para ustedes dos cualquier cosa es motivo para hacer una apuesta. —Libertad puso los ojos en blanco—. ¿Cómo consiguieron acceder a este autódromo y más encima a esta hora? —preguntó curiosa.

—Como todo en este país, por medio de favores y *pitutos*. A Ángel le deben mucho, muchas personas. En todo caso, esto no es una simple apuesta, quiero a mi sobrina por una semana completa. Ángel anda encima de ella todo el rato, debería ceder un poco con Gloria.

—¿Y por eso nos meten a nosotras y arman todo esto? —increpó molesta.

—Tú no estás verdaderamente enojada, reconoce que te pican los pies por poner el acelerador a fondo —provocó Sandro levantando una ceja.

Libertad no pudo aguantar la risa, cómo la conocía ese hombre.

Ese año transcurrió a una velocidad vertiginosa, habían sucedido miles de cosas. Sandro vendió su casa y se fue a vivir a un mejor barrio, más tranquilo y donde no tenía nada que ocultar. Su Noni le había hecho prometer en su lecho de muerte que debería vender esa casa cuando se reconciliara con su hermano y encontrara a una mujer a la que amara de verdad. Ella tenía esperanza en sus nietos, sabía que Sandro tarde o temprano cumpliría con sus condiciones.

Libertad pasaba los fines de semana con él, y a veces uno que otro día adicional en la semana, sin embargo, ella no se atrevía a irse definitivamente a vivir con Sandro a pesar de que él siempre se lo pedía.

Ella solo esperaba una señal. Un empujoncito para decidirse.

Marcos después de aquel traumático secuestro *express*, no se le vio en la calle por seis meses. Solo trabajaba como malo de la cabeza, pues había embarazado a su pareja (Deyanira, sí esa misma) y ahora tenía que afrontar la responsabilidad de criar un hijo. Evitó a toda costa estar a no menos de cincuenta metros de Libertad, en cuanto la veía daba media vuelta y arrancaba como si ella tuviera el ébola. Intentaba hacerlo con dignidad, pero el sudor frío que le recorría el espinazo siempre le descomponía la cara, delatándolo.

Ángel y Sandro retomaron pronto su lazo fraternal, y volvieron a ser una familia de verdad. Ángel residía en Codegua, en una parcela donde vivía de los dividendos de unas inversiones que le rentaban lo suficiente para vivir tranquilo. Sandro y Libertad los visitaban todos los meses, y ellos ahora eran, como decía la pequeña Gloria, «una familia feliz, tío Alessandro, somos una familia feliz» (su sobrina es la única persona en el mundo que puede mencionar el nombre completo de su tío, sin provocar su ira).

—Ahí están esperándonos, Lib, recuerda que Rossana es una excelente conductora —advirtió serio, la carrera era importante.

—Lo sé, pero yo soy mejor —dijo Libertad sin una pizca de modestia.

—¡Esa es mi Libertad! —exclamó Sandro orgulloso.

Ella estaba nerviosa y ansiosa, hacía más de un año que no pisaba el acelerador a fondo. Cuando le contó a Sandro sobre su pasado en carreras clandestinas, él se lo tomó mucho mejor de lo que esperaba. Todavía podía recordar lo que él le dijo en ese entonces, «Lib, te amo por ser quien eres, y eso forma parte de ti y debo aceptarlo. No puedo obligarte a cambiar nada, porque ya no serías la misma».

Y ahí estaban los dos, ansiosos y dispuestos a competir. Los hermanos Larenas encontraron muy divertido apostar que Gloria pasara una semana completa con su tío Sandro, si Libertad ganaba la carrera de un cuarto de milla.

Se acercaron al punto de partida, Rossana y Ángel estaban en el Toyota Yaris de él, y Libertad junto a Sandro en el Citroën C3.

—Tú sabes que estamos con una leve desventaja, ¿cierto? —informó ella—. El auto de Ángel acelera un poco más rápido que el tuyo.

—Sí pero tú pasas mejor los cambios, te he observado cuando manejas…

—¡Oye, Sandro! —gritó Ángel saliendo de la ventanilla del copiloto, ahora se veía más contento y más joven incluso—. Si Rossana gana esta carrera seré el doble de feliz, Libertad me hizo perder un montón de dinero cuando ella corría en Santiago.

—¡Te lo merecías! —exclamó Sandro—. Si Libertad les gana, yo seré el que estará doblemente feliz, Gloria será liberada de tu yugo paternal. —Sandro avivó la afrenta alegremente.

—Libertad, ¿cuándo le dirás a ese pobre hombre que te irás a vivir con él? A ver si viviendo todos los días contigo, se vuelve más inteligente —replicó Ángel solo para molestar a Sandro donde más le dolía.

—No quiero irme a vivir con él… Quiero casarme con él y no me lo ha propuesto ni una sola vez —bromeó Libertad sin malicia.

Sandro la miró fijamente, de pronto se sintió tan tonto, ¡cómo no se le había ocurrido antes! ¡Era evidente!

—Cásate conmigo, Libertad —propuso Sandro total y absolutamente convencido.

—¿Qué? Oye solo era una broma… —respondió con una risa nerviosa.

—No importa, cásate conmigo, te amo, quiero vivir contigo hasta que me muera… —reveló su plan de vida casi sin respirar—… Libertad, casémonos, sé mi mujer, vivamos nuestra vida juntos. —Sandro comenzó a desesperar al ver el rostro atónito de ella—… Dime que sí, me harás el hombre más feliz del universo.

Libertad no se esperaba esa propuesta salida casi de la nada. Sandro estaba hablando muy en serio, ella estaba atiborrada de felicidad, quería casarse con él y mentalmente dijo que sí al instante, pero…

—Si gano, te diré que sí y nos casamos en no menos de ocho meses. Si pierdo, también diré que sí pero nos casamos cuando tú quieras, no importa cuando.

Sandro no cabía en su júbilo besó a Libertad con pasión, no podía separarse de ella…

—Búscate un motel, Sandro, estoy aburrida de escucharlos todo el rato desde mi dormitorio —gritó Rossana para molestar a la pareja. A Libertad se le fueron todos los tonos de rojo a la cara y Sandro solo sonreía de oreja a oreja.

—¡Déjame celebrar, Rossana. Libertad me dijo que sí! —exclamó Sandro, parecía un niño en navidad.

—No. Puede. Ser… Le resultó —musitó Ángel sorprendido—. ¡Sandro, si yo gano, seré el padrino! —De puro contento por su hermano cambió las reglas de la carrera.

—Ridículo, no tengo más candidatos para padrino —replicó Sandro. En realidad, su hermano siempre fue su candidato.

—El semáforo ya está encendido, prepárense porque solo verán mi polvo —fanfarroneó Rossana para que prestaran atención, la carrera iba a comenzar.

Ambas parejas estaban que reventaban de adrenalina, alegría y felicidad, esta sería la carrera más memorable y dulce de sus vidas.

Rojo… calentando motores.

Amarillo… Libertad sujeta el volante emocionada. Es libre y feliz.

¡Verde!…

No hay nada que se le pueda comparar al amor, a la familia y a la libertad, y eso, todos ellos lo sabían.

FIN

Agradecimientos

Quiero agradecer a mi familia, ellos son el motor de todo lo que hago.

Gracias al señor A.C.A.A... ahhhhh, simplemente lo amo... Aunque no lea una línea de lo que escribo.

A Eve Torres quien desinteresadamente le hizo el primer control de calidad a este escrito y me ha dado asertivos comentarios y críticas constructivas.

A todos los que han leído mis novelas, sin ustedes no tendría sentido escribir, de hecho, sería tremendamente aburrido.

Y al final, pero no menos importante a Yasna Letelier, que en cierto modo, me prestó un rato su vida para que pudiera construir a Libertad.

Sobre la autora

Hilda Rojas Correa, es el seudónimo de Pamela Díaz Rivera, nació en julio de 1980, en Santiago de Chile. Es la mayor de tres hermanas, casada, madre de dos hijos, dueña de casa novata, y se autodenomina una romántica «sentimentaloide» empedernida.

La primera novela que escribió fue, «Yo, tú, ellos... Nosotros» en el año 2013. Nunca antes había hecho nada igual en su vida, y un día solo se puso a escribir a modo de exorcismo, y el resultado gustó tanto a los demás, que simplemente siguió sin mayores pretensiones.

Recién en el año 2015 se tomó en serio el hermoso oficio de escribir y desde entonces ha publicado Amazon en formato digital «Libertad» en abril, «Un paso a la vez» en septiembre del mismo año, «Pide un deseo» en enero del 2016 y en mayo «Te encontré en el olvido».

Puedes seguirla en:

Twitter @HildaRojasC
Instagram @hildarojascorrea
Wattpad @HildaRojasCorrea
Fan page de Facebook
www.facebook.com/hildarojascorrea
Grupo de Facebook
«Novelas y algo más - Hilda Rojas Correa»